文治
© wénzhì books

更好的阅读

没有玫瑰的街道

李柳杨 著

中国友谊出版公司

图书在版编目（CIP）数据

没有玫瑰的街道 / 李柳杨著. -- 北京 : 中国友谊出版公司, 2022.2
ISBN 978-7-5057-5305-1

Ⅰ. ①没… Ⅱ. ①李… Ⅲ. ①故事—作品集—中国—当代 Ⅳ. ①I247.81

中国版本图书馆CIP数据核字（2021）第174900号

书名 没有玫瑰的街道
作者 李柳杨
出版 中国友谊出版公司
发行 中国友谊出版公司
经销 新华书店
印刷 三河市冀华印务有限公司
规格 787*1092毫米 32开
6.25印张 82千字
版次 2022年2月第1版
印次 2022年2月第1次印刷
书号 ISBN 978-7-5057-5305-1
定价 48.00元
地址 北京市朝阳区西坝河南里17号楼
邮编 100028
电话 （010）64678009

目录 | Contents

番外篇

梦游者

从前有一个人的美梦做着做着，就突然醒了。

在这个梦里他结了婚、有了孩子，并且已经度过了数十年。但除了这个梦之外，他在另一个地方也结过婚，有过孩子。

这个故事要从那个夏日的夜晚开始讲起。那天晚上香椿街上没有什么人，四周静悄悄的，你能听到的只有一点蝉鸣。这个人住在某个中学家属院的四楼，家里有几件咖啡色的家具、两张罩着纱罩的床，墙壁上面一半粉着白的、下面一半粉着粉绿，水泥的地面上有几个孩子画的小人儿。天蓝色的窗帘上印着几只展翅的白鹤，窗户没有关，有风吹开了窗帘，白白的月光在他脸上摸索了一会儿。

这会儿他的老婆正在邻居家里打麻将，他的孩子已经在隔壁的屋子里睡着了。他也深深地陷入了梦境，眼珠子在眼皮下面乱走，哪怕是睡着觉，突然竟从床上站立走了起来，他自己都不大清楚。他老婆知道他好梦游，用钢筋把窗户都封死了，他没法从那儿飞出去，只得穿好衣服一本正经地像要去教课一般，带好钱包和钥匙，穿上鞋子打开门就这样走了。

他住在学校后面的家属院里，楼道里装着四十瓦的声控灯，他也许下意识地喊了一声，也许没有喊。顺着紫红色的扶手下楼梯时，他撞见了一个人，那个人喊了他一声，也许是在叫他的名字：“嗨！ ××，这么晚了，你要去干吗？”或许省略了他的名字，直接喊的是：“嗨，这么晚了，你要去干吗？”他没有听得太清楚，也没有回应。后来他花了很久很久的时间去回想这个细节，自始至终也没有想起自己的名字。那个人也并不知道他在梦游。如果那个人知道他当时在梦游，拦住了他，也就没有后面发生的这一切了。

他是一个中学的老师，叫××，但在梦中他已经完全不记得自己的身份了。在梦里他所感受到唯一的驱动，便是那种自出生起就环绕在他周围的紧迫感，一直在梦里、在地铁换乘的瞬间、在人群中呼喊他的声音："走啊！走啊！快走！"于是在白色月光的照耀之下，他穿过楼道胶片般的光影，左拐，右拐，再左拐，再右拐，就这样一直拐，一直向前向前向前，穿过铺着塑料草地的操场、二十世纪九十年代建的老旧宿舍楼、锈迹斑驳的学校大铁门……一路走到汽车东站，买了一张票，没有带任何行李物品，也没有任何能够提示自己身份的信息，就这样坐上了不知道开往哪个方向的汽车，漂流到了他乡。

他坐完汽车又坐了船，就这样一直走，随便做些零工，在每个城市溜达。某天傍晚，船过象鼻山，当他在船上看到象鼻山的景色时，他就感受到了某种力量的牵引。他觉得自己曾经来过这里，便想要下船看看。顾名思义，象鼻山有一个像大象鼻子一样的山弓。两侧的山峰间是镂空的，空悬着一个脊背像桥一样的山石连接着两侧。船从脊背下方的河流穿过。这个地方四面皆是山，但山并不高大，云雾缭绕，像是从山林之间生出来的。河流交汇在距离这山不远处的一块巨大的淡水湖，人们在山与湖之间的空地上过活。象鼻山很大，围绕着山与湖，有大大小小数十个城镇，彼此相互联系又相互排斥。东边的人不认识西边的，南边的不认识北边的。他感到熟悉是因为他确实来到过这里，他在未去香椿街之前曾经在这里生活过一段时间，只是在很小的时候便离开了。但他并不知晓这些，只是由着自己的性子下了船，四处瞎逛。

象鼻山下的楼是围绕着数十条水渠建的，上面住人，下面做生意。一条水渠便是一条街道，人们吃喝全在水渠里，整个城镇随处是落地便能生根的榕树，浓密的树冠底下坐着一个个挑着扁担、戴着竹帽，贩卖水果、糕点、香烟的女人。街道窄小狭长，街面上铺满了当地产的一种天青石。凹凸不平的地面看上去湿漉漉的。街面行人松松散散，每家每户都只开了半边的门，生意像是顺带着做的一种产业。家家户户都有个小庭院，朝里望去，郁郁葱葱。

他拐到某个热闹的地下商场逛了逛。说它是商场其实也不算恰当，它是由一个地下车库改造的。因为便宜，山边的人爱到这里买东西。地下通道的门口是一个生鲜海鱼店，店主是一个精瘦无比的男人，长年穿着一件深蓝色的长衫，围着一条黑围裙，站在门口替人砍肉。虽说是海鲜店，但近年来海鲜生意不好做，他们也顺带着卖一点猪肉、排骨什么的。他从那家店旁边走过，那个男人抬起头对他说了一句："要不要来条鱼？"海鲜店旁边是一个小菜摊。接着是清真肉店、茶叶店、美甲店、豆腐店。这些摊子一天二十四小时都不收摊，到了夜晚仅靠一块长布盖住。看摊子的，多是些上了年纪的女人，四面铺着菜板，自己站在中间，上面放着各式各样的菜品。摊子和摊子之间留着两人宽的余地作为过道。

在这个嘈杂的地下商场，他注意到有一个安静得出奇的店铺。那是一家花店，里面摆满了各种小巧玲珑、香气馥郁的鲜花。穿过气味复杂、人声鼎沸的菜市场，他一眼就看到她了。她唇红齿白，穿着一件白衬衫，配着卡其色亚麻裤，踏着一双黑色的平底凉鞋，站在花店里编织着一个小篮子。一张平静的看不到表情的脸，宽眉毛、细长的眼、玉米银牙、小圆脸，让他感到似曾相识。他走上前去，又细看了那姑娘一眼，本想开口和她说句话，见她一心一意摆弄着手中的小玩意儿，便没有开口。他从那装饰着彩灯的小花房里退了出来，便决定留在这个地方了。

由于身上的钱所剩无几，他在地下商场附近的一家餐馆当起了学徒。后来他逐渐发现自己会写字，文笔也还不错，就应聘了一家教育机构，在山边教起了学生。两年之后他娶了那个女孩，又过了一年他们有了儿子。

在孩子五岁时某一天哭闹的瞬间，他突然惊醒，意识到了这一幕好像似曾相识。他似乎在另外一个地方，也曾搂着别的孩子这样哄着。他仔细看了看那小鼻子、小眼睛，发现几乎是一致的。在梦里做梦的时候，他也会回到过去生活的那个地方。

在梦的梦里，他搂着一个孩子在操场的树荫底下捉过蛐蛐。有个男老师走过来，跟他打招呼，问他蹲在地上做什么。然后顷刻间又切换到了另一个场景，他带着另外一群孩子，在冬天枯竭的河边掏螃蟹洞。还有一次他梦到过自己的母亲，看不见脸，只有一双勤劳的老妇人的手，在梦里不停地抹桌子、扫地、做饭，他想走过去摸摸她和她说会儿话。但在梦的梦里，他始终躺在床上，虽能感知到周遭发生的一切，但张开嘴无论怎么样都喊不出来，眼睛睁也睁不开。在这个梦中和那个梦中，他的老婆几乎是一致的。这么多年过去了，他喜欢的女人也都是同一类型，一样圆圆的脸、宽眉毛、细长的眼。正如同他对付不了她们一样，他也对付不了自己。

但是每一个人都会有那么一瞬间意识到，也许眼前的这件事情，曾在某个瞬间发生过。他问他现在的老婆："你有没有那种感觉？就是觉得我们之前曾经认识过，也同样有过这样一个孩子？"他老婆说："有的。就在今天早晨，我把花插在花瓶里的时候，花扎到手的那一瞬间，我就感觉这一幕似乎在哪里发生过。"这个人仔细地思考了这个问题，并用他的笔记录下了这一切。特别是当他的女人躺在床上向他倾诉她小时候那些事儿的时候，他对自己产生了深深的疑惑。他对小时候的记忆少得可怜，几乎是没有的，如果说是有，也来自他在梦的梦里那些支离破碎的片段。你也知道的，在梦里，你会选择性地屏蔽掉一部分的记忆。他的记忆开始于一个夜晚，但他始终想不起来那个夜晚自己在做什么。他首先想到的问题是，每一个人都应该有个母亲，他不可能来无影去无踪的。他一定也有一个母亲，现在正活在某处或者躺在某处等着他。他想要找到那个女人，问一问在他没有记忆的那二三十年里，他是怎么生活的。

随着儿子一天天长大，他对于童年的感觉也渐渐清晰了起来。他先是回忆起了一条小路，一条长而没有尽头的路。他穿着一件白短袖、灰短裤、一双小凉鞋，手里拿着一些零钱，正往前走着。走过一条小石板街、一个弯道，又继续往前走，穿过一条羊肠小道，看见几棵古老粗壮的榕树，来到一个地下商场，在商店的入口，他打算买一条鲜鱼。抬头一看，便是那个精瘦无比、卖海鲜的男人，对方抬了抬头用多年不变的口吻对他说："要不要来条鱼？"那一瞬间，那种感觉又回来了，像是一个人因为沉睡了太久而感到沉闷、眩晕。但再接下去他就什么都回忆不起来了，每次就只到这个卖海鲜的男人那里。

某天，他决定找这个卖海鲜的男人问一问。但每当再一次进入这个他几乎每日都进出的地下商场时，望着里面有点发蓝的灯光，他都会感到头昏脑涨。他站在入口处，开始觉得人生是一件挺可笑的事情。那个卖海鲜的男人，怎么可能在他来到这个地方之前认识他呢？这不可能。再者，就算是他们曾经见过，那也是小时候的自己了。一个半米高的孩童，谁能记得清？尽管如此，他还是含着热切的目光注视了一会儿那个卖海鲜的男人。那个男人很识趣，尽管斜对着肉摊，还是感到了一点点异样。他也回过头看了他一眼，问他有什么事情。他皱了皱眉头而后一本正经地问他：“你认不认识一个半米高的儿童？”卖海鲜的男人说：“我见得多了，不知道你说的是哪一个。”他说：“就是穿着一件白短袖、灰短裤，踏着一双小凉鞋的那个。”卖海鲜的男人说：“嗨，我以为你说的是谁呢？这儿满大街都是这样的孩子。”接着那个男人的话，使他想起他的儿子似乎也常常这样穿着，他也被自己问的傻问题给逗乐了，两人相视一笑互点了根烟。

缭绕的烟雾又使他开始怀疑自己一直在一个梦里。他捶打自己的脑袋。如果这是在梦里，为什么现实会如此逼真、贴切？身边的每一个人疼痛时的表情、欢笑时的表情、在路边打架打得头破血流的痛苦……他都能感受到，那是非常具体、真实的东西。如果这不是在梦里，那么为什么他一点儿也记不清从前的事儿呢？也许是失忆了，就像是在电视里演的那样。他给自己找到了一个答案。他不清楚，在他所来到的这个世界里只有他一个人在做梦，其他人都是真实活着的，还是世上的每一个人都在做梦，唯独他醒着。

又过了一段时间，他都快忘了这个问题。每天像每一个普通人那样，一心一意地做着自己的事儿。中午下了班到菜市场买菜，然后回家，把每一根蔬菜都洗得干干净净，放在锅里炒。吃饭的时候和老婆聊聊日常工作，吃完饭哄孩子睡会儿午觉。日子过得平淡，但每一餐都有滋有味。午饭后他小憩了一会儿，然后到学校里继续给孩子们教课。在课堂上，他有时候会给孩子们讲故事。孩子们会起哄，让他讲一讲自己的故事。然后他会讲他是怎么样来到这个地方的，他会提起他的孩子，还有他是怎么追到老婆的。

一天，他面对着孩子倚在咖啡色的木质教案上，讲起了那个故事。他把脸微微倾斜，向着照进教室里的阳光，眯着眼睛讲了起来："一个不阴冷、不潮湿、不热也没有什么微风的日子，我来到了象鼻山，在一家由地下车库改造的旧商场里遇见了你们的师母……"接着他顺着自己的话，开始回想起他第一次遇见老婆的场景，回想着回想着，发现自己眼前忆起的是另外一个女人。他猛然想起，那个女人似乎也是他的老婆。他被自己震惊了，瞪大了眼睛，心里很是慌张，感觉这一切都是谬论。当时像有一块什么东西压迫着他的心脏，让他快站不住了。

他用手摸了一下头，因为顾忌还有学生，把脸埋进臂弯，假装在擦汗。扬起胳膊的一瞬间，胳膊上的布料和腋窝的布料起了一层静电。静电在一瞬间铺满了他的整张脸，脸上的汗毛全竖了起来，好像从他的脸庞撕去了一张面皮，另一个人的脸从他的脸上浮现出来。此刻他已经完全抬起了头，手背在腰后。他从斜对着的玻璃窗上的一小方玻璃里，看到了自己十几年前的面庞。他想起来了，想起来那天晚上在楼道里有人喊过他的名字……接踵而至的是他一直渴望也一直害怕忆起的一段故事。他彻底醒来了，并且完全记起了他的另一个身份。他感到恐惧极了，揉了揉脸，眼睛干涩无比，他再一次强迫自己镇定起来，耐心地再看一眼镜子里面的自己。镜子里面的人，他的老婆在他离开后的这么些年是怎么生活的？他的母亲还在吗？他急切地想知道这些答案，但又不知道怎么面对这一切。他也无法告诉现在的老婆，其实和她在一起的日子，自己都是在梦游……

闲话

一个地方如果没有鬼怪传说，就好像这个地方没有历史一样。

人们会说："这个地方没有人活过。"

香椿街也有许多属于它自己的闲话。在香椿街的鬼怪传说里，死去的人依然活在这个世界上，只是和我们生活在不同的维度。我们看不见他们，但他们能看见我们。不过这些事情是不确定的，因为时间和空间都会在某种条件下发生折射。当死人和活人都在某种超现实的情况下，我们就能看见他们。有些人是白天死的，有些人是夜晚死的。死在夜晚的人，他们死后总是出现在白天。死在白天的人，他们死后总是去追寻黑夜。有的人是婴儿时期死的，有的人是年老的时候死的。当一个人在他年老的时候死去，他的魂魄就会追随着生前的脚印，一步一步找回自己年轻时的模样。

一个年老的人死了，若是在那个世界等不到自己的家人，他就会再找一个人陪伴自己。死亡是如此寂静，就像你突然在某个现代公寓里发现一条古老的蛇。它盘成一团，缩在某个阴暗的角落里。死后的人，在那个世界也要干活、读书、生鬼娃娃。他们和我们在相反的两个方向上生长。我们在地上建房子，他们在土地底下建房子，那里阴暗潮湿，有利于他们的健康。有时候他们不喜欢盖房子，就住在活着的人给他们建造的坟墓里。要是你在他们的墓前种一株小树，他们会很开心地在上面练举重。

现在的人生活条件比较好，死去的人就出现了老龄化。可是，死神规定，从自己死亡的那一刻起算作出生，每个人都要年满十八岁才能选择再次投胎为人。当然啦，每个地方的死神法律不一样，有的地方是说年满三十岁，这是因为那里缺乏劳动力。有的地方鬼太多了，刚死就能再次投胎。有的地方地广人稀，鬼可去的地方多，住宅又大，他们不想再投胎，就一直在外面飘啊飘。有的鬼飘到一棵树上就成了老树精；有的鬼比较懒，怕饿肚子又不想自己干活，就附在一只狐狸身上，变成狐狸精。

香椿街人口比较密集，鬼也密集，再加上老龄化严重，香椿街上的鬼都是一些老头子，到了阴曹地府，干不动活。一些年轻力壮的鬼，心里就不满意了，他们白天去公司上班，晚上回家还要伺候那些老鬼。他们就潜伏在河里，或者某个马路边儿，看谁一不小心就把谁害死，好把他拉去和自己一起干活。香椿街本来男女比例就不平衡，女人的阳寿大都比较长，女鬼比男鬼不知道要少多少。男鬼找不到伴，就跑来人间吓唬那些小姑娘。

香椿街有一个人死了，这个人住在香椿街西头。他生前喜欢一个女人，自从死了以后，他经常失眠，常常夜里去找她。一会儿撩拨撩拨她的头发，一会儿去她的梦里喝会儿茶。他把这个女人打扰得不太快活。女人就烧香给他，拜托他不要再来找她了。可是他似乎不太乐意。这个女人睡在床的左边，他就睡在右边。这个女人睡在床的右边，他就躺在左边。

于是，这个女的就叫她的儿子睡在左边，女儿睡在右边，一人占一个角。那个鬼站在床尾就拉她的脚，叫她起来。女人又去庙里烧香，说："佛婆婆，你把那男的带走吧！我们活着的时候，没能在一起，死后也不要纠缠了。"姥姥说，烧香就是拿火挠佛婆婆的小脚指头。你叫得醒她，她就帮你。我们香椿街这个庙里的佛婆婆可能是个睡神转世，一直没有人能叫得动她。那个女人被男鬼夜里扰得烦了，就搬走了。这个鬼找不到他喜欢的人，心情不好，夜里就四处去敲别人家的门。敲着敲着，这一天来到了我们家。

他敲了一下门就跑了，又敲了另一家的门。过一会儿又来敲我家的门。姥姥打开门一看没有人，就回被窝去了。过了一会儿他又来敲门，姥姥被烦得不得了，站在门口大骂：“你奶奶的，回你窝里去。”鬼记上仇了，跑到屋子里推了她一下，姥姥摔掉了几颗牙。第二天姥姥吃馍，又被面团硌掉了一颗牙。姥姥的嘴里就剩下三颗牙了，她心想：坏了！我不知道是得罪了哪位神仙。她就跑到香椿街后面的村子里找茶姑。茶姑在我们那儿是一位有名的神婆。

这种神婆在过去每隔几个村就有一位。不知道这些人是真的会算命，还是纯粹为了谋生，很多事情在她们的解释之下变得神乎其神。我亲眼见过许多人，进入她的院子前愁容满面，出来时就容光焕发，宛如重获新生。有传言说她们可以预测未来的命运，帮人排忧解难。小时候我发烧感冒，姥姥说是鬼缠的，没少带我去过茶姑家。

有一次，当我进入茶姑的院子里时，她正在给一位远道而来的客人看运势。她用一种安慰病人般稀松平常的语气叮嘱那个客人：“在你家院子外面撒上一圈鹅粪。

鹅是一种阳气十足的动物，可保一家人在夜里安眠。像蛇这种险毒的动物，如果爬过鹅的粪，是会烂皮肤的。”那个客人说：“好，如果我们这次能避开这个灾祸，我还会再来添香的。”说着她到香炉旁再添了一次香，给茶姑塞了些钱便出来了。

茶姑一直是独身，丈夫在她年轻的时候出意外死了。她替人算命从不主动要钱，让别人看着给。不过这些年她靠着给人算命、帮人排忧解难，财富一点点也积累了不少。以她的财力，买上一栋上好的房子是完全没有问题的。但无论她多有钱，从来没有离开过自己的老祖屋。她周边的那些人，早就搬到距离公路较近的地方去住了。

她独自一人住在香椿街附近的一个村子里，她有一个独立的小院儿。自我记事起，那个院子就在那儿了。院子不大，仅盖着两三间瓦房，悬山式的屋顶上有一尊吉祥鸟儿。屋子背光，透露出一股动物巢穴般的阴冷感。她除了算命之外还开着小商店，她在院墙外面搭了一间铁皮房，从李超建那里批发一些虾条、锅巴、辣条卖给附近村子里的小孩子。院子里的东西都是随手一放，落满了灰尘，外墙上没有粉刷，露着光秃秃的水泥墙皮，上面有一串用白色粉笔记下的数字，是附近一家乡村小饭店的电话号码。

茶姑的算命方法和别家不同，她是用自己的灵去算命的。香椿街还有另外一个算命先生，那个人是个瞎子，他喜欢在学校附近的小餐馆外面摆摊给人算命。那个人生下来的时候就是瞎子，他妈妈知道在自己死后，他的兄弟是不会照顾他的，就让他拜了个师父，让他跟人学《易经》、学算卦。

学算卦的瞎子多一些，那些神神鬼鬼的东西能忽悠人，叫人们不敢欺负他们。算命的瞎子也有自己的帮派，跟老师父学成了就结成对，出门远行到我们这个省市各乡去给人算命。算得准了，便由几个老主顾供着在当地驻扎下来，成了远近有名的大仙。当算命的瞎子呢，要记忆好，他们有一整套的口诀、算法，就像总结出来的数字方程一样。生意好的时候，或者是有同门的师兄弟来的时候，他们也喜欢到小酒馆喝酒、猜拳。只是跟别的人不同，瞎子猜拳的时候靠声音喊出来，比大比小。

姥姥说茶姑是在困难时期结束以后才开始算命的。有一天夜里茶姑外出，不知道被什么东西上了身，回来以后变得疯疯癫癫的，接着在二月的某一天清晨宣布自己被神灵附体，不知道这是真事儿，还是一个一旦开了头便要不停地圆下去的谎言，自此以后她便开始为大家算命了。她长得很慈祥，眼神透露出那个年代的女人独有的沧桑，身形和其他的农村妇女并没有两样。茶姑喜欢穿着一件黑红底绣红花的衣服，肚子凸出来，腿又瘦又纤细，走路飞快，话语紧凑，富有一种独特的逻辑。姥姥偷偷告诉我，附在茶姑身上的神仙是一个黑鱼精，我们这儿的人都管那些精怪叫先生。

我跟着姥姥去找茶姑算命，茶姑点上几根香，拜了拜菩萨，然后对她说："附在我身上的先生出去开会了，要晚点才回来。”我感到很惊奇，黑鱼精也要开会？姥姥说：“黑鱼精不仅要开会，他们和人一样也喜欢聚餐。”晚点儿，先生回来了。我和姥姥又去，茶姑给姥姥算了算说：“你是被香椿街上那个刚死的人给缠住了。他也是第一次当鬼，还不太习惯。你跟他无冤无仇，他过一阵子就会把你忘了。你在家门口撒些粮食给他吃，他就不会来了。”

姥姥回到家以后，在门口撒了一些粮食，那个鬼果然再没有来找过。不过，姥姥剩下的那三颗牙齿也没能保住，秋天的时候全部掉了。我妈从外面给她买了一副假牙，她不太满意，便把它们都放在阳台上，没过多久就落上了土，第二年里面长出来许多花草。

那件事情过去三年后，我们那个市发生了一次地震。那场地震非常小。那一夜我们都睡得很安稳，不知道外面发生了什么，也没有感觉到任何异常。第二天早上起来看新闻，才知道原来昨晚我们这儿发生了地震。在那场地震中，仅死了一个人。有人说这件事情早有预兆，在那个人死之前的一天，她把自己家附近所有的土地、河流皆看望了一遍，算是告别了。

那个人就是香椿街的算命先生，人们叫她茶姑。

老字号电器行

有一天早晨，三辉叔要出门摆理发摊，突然发现自己的理发刀不见了。于是，他就跑到来勇敢家里去找。我们这条街上的人，无论是谁丢了东西，都会跑到来勇敢家里去看一看。他经常“借”别人家里的东西不还，好制造机会让别人去他家里找他。有一次我还在他家里瞧见了我小时候的婴儿车，他无儿也无女，离女人最近的那一次还是几十年前在娘胎里的时候。不晓得他要那个婴儿车有什么用，也许他是想要“替我”把它卖给别的什么人。

来勇敢胖乎乎的，身材矮小，眯着一双小眼睛，长得可爱而和蔼。有人说他长得像香港喜剧明星曾志伟。从那以后他就开始刻意模仿起曾志伟，穿和他同款的背心。学他讲话的语调，故意引我们发笑。他说话的时候，嘴巴里的舌头会来回翻转，脸上的肉波动着，看起来就像在漱口。来勇敢是在香椿街卖电器的，他的铺子不大，摆满了各种杂七杂八的电器。我们都知道，他那里没有几样东西是真的，可这些年，他就靠着脸皮厚，一直把店开到了现在，还在自己家的招牌上写着“香椿街老字号电器行”。

三辉叔在他那里买过一个吸油烟机。那个吸油烟机最大的功效，就是把自己家的油烟味吸到邻居家里去。有一年来勇敢来到我家，给我妈送了一些他吃不完的花生米，并且对我妈说：“嫂子，你看看我这日子还咋过？这个星期都没有做成一单生意，我那二楼的洗手间还漏水等着维修。”接着他又以公司搞活动、各种买赠、抽奖为由劝说我妈，从他那里买了一个“美的”电饭煲。那个电饭煲，用了半个月就坏了。我妈托人送到“美的”售后去维修，人家不给修，说这不是“美的”电饭煲，而是“美白勺”电饭煲。

可想而知，来勇敢的电器生意做得并不怎么好。为了生计，有一阵子他买了一批洗发水，专门卖给来我们这儿上学的外乡学生。他把自己打扮得像一个成功的商人，西装革履地站在学校门口，看见一个学生就走上去，好像老熟人似的跟他们打招呼：“嗨，你要上哪里去？我们这儿在搞活动，要免费送你一瓶洗发水。”之后他就让人填一大堆个人的信息，然后说领一瓶免费的洗发水要先买一瓶护发素。其中有一个学生，大概是觉得填各种信息太麻烦了，随手把他揍了一顿。这时他才意识到也许这些学生并没有他想象的那么单纯。后来那些洗发水就一直囤积在他家里，直到他去世也没能用完。

大人们都不太喜欢他，并且警告我们，“别跟他学坏了”。可是他家却成了孩子们“藏污纳垢”的基地，因为他家里没有一个女人，不会有人像我们的妈妈似的叉着腰站在街上，对着自己的丈夫或者儿子嚷嚷：“你咋不喝死在外面？！”我们把家里不让玩的东西全部带到他后院的一间小房子里，在里面炸金花、推牌九、教更小的孩子抽烟，有时也会有人带来一两瓶烈酒给我们尝尝。

“到勇敢家的后院去”，一时之间成了孩子们的一种时尚。在他家的后院里，没有人会管我们。我们把他不用的被单剪开制作成风筝，拿到麦田里去放。他心情好了还会帮我们制作捕鸟、捕兔子的工具，带我们到小河边掏螃蟹洞、蛇洞。来勇敢虽然不干正事，动手能力却出奇地好。谁家没有用过他制作的手工板凳呢？来勇敢对自己的手艺颇为得意，他对我们说：“你就算是想要一个导弹，我也能给你造出来。”可有一次，我想请他为我制作一个木头盒子，他却对我说：“你没有钱。”这件事情让我伤心了好久。但是某天当我醒来，就发现床头摆放着我想要的那个木头盒子。事后他对我说：“小子，你要记得我的好。将来等我老了，时常来看望我。”这真是个古怪的要求。

也是在他家后院，我才学习到我的小鸡鸡除了尿尿以外还有别的用处。脚踏着清香而湿润的泥土，乘着三月的春风，奔跑在布满坟冢的麦田里，去河里摸鱼、洗澡，后来也成为我们最美好的童年记忆。在我长大离开香椿街的第二年，那片生长着各种肥硕且绿得发亮的野菜、混合着高大又茂盛香椿树的草地，全部被推平建成了冒着白烟的发电厂。我们常去勇敢家的后院，还有一个原因，是觉得他喜欢我们。可是三辉叔不这样想，三辉叔说："他只是觉得孤独。每个人都害怕独自一人面对生活和死亡，尤其是当他渐渐老去。"

有一年我们这儿流行起了瘟疫，死了不少人，警察把全市的街道都封锁了，哪怕是去超市买一杯奶茶，也得有办事处的许可证才行。人人都关紧门窗躲在家里不敢出门，街上连一片飘动的树叶都没有。只有来勇敢像闲不住似的，挨家挨户打电话，夜里敲门求大伙儿，来不来打麻将？吃不吃火锅？用我哥阿翔的话说，那就像一个尿急的人徘徊在厕所门口进不去一样。

最后他打电话找人聊天聊到手机欠费，大年三十的晚上一个人去“敲”电信营业厅的大门。他气急了，喝得醉醺醺的，拎着一把锤子，拖着一条腿跑到位于香椿街正中央的电信营业厅，那里早在一个星期之前就已经关门了。明知道里面一个人都没有，他还是用锤子使劲儿地砸营业厅外面的推拉铁门，就好像对着记忆中的某个人喊似的：“你奶奶的！就连你也看不起我，谁充不起话费呢？什么时候不停机？！非要赶在这时候，让一个想关心别人的人连电话都打不出去。”他吼骂的声音就像钻进楼道拐角的飓风一样，可怖而无处躲藏，在空空荡荡的香椿街上窜来窜去。我们每个人心里都清楚，他只是想找人说说话。但碍于病毒的可怖流言，谁也不敢开门去瞧瞧他。他像是一条知道自己即将不久于世的老狗一样，夜里独自叫了两声，然后就再也没能在这个世上发出一点儿声音。

一个星期之后，来勇敢被人发现独自死在家中。

死前他在吃火锅，桌子上摆了三四个人的碗筷，像是等着谁去他家里似的。有一件事也是他死后，警察查了他的身份，我们才知道的。他的真名不叫来勇敢，他不仅有家人，还有孩子。他出生在内蒙古，二十岁的时候娶了妻生了孩子，二十五岁时和人打架，误以为自己将对方打死了，慌慌张张什么也没带独自沿着公路逃跑，从此隐姓埋名活到现在。这么些年他从未勇敢地和家里任何人联系过。而实际上被他打的那个人早已原谅了他，因为他仅仅是被打破了头盖骨，昏厥了过去，现在还好好地在家乡卖皮鞋。

我想扎哪里就扎哪里

如果你看到一个人，左手拿着一个注射器，右手拿着一个酒瓶子，在大街上边走边喝酒，还时不时停下来和路人吹吹牛皮，这个人就是菜总。

香椿街的医生不让菜总喝酒，因为他有糖尿病。而菜总只要一喝酒就会喝得满脸通红，即便是这样，他还是不要命似的喝酒，又喝出了高血糖。身体不舒服，菜总就会给自己打上一针胰岛素。一开始我不知道为什么菜总喜欢随身携带一个注射器，便去问他："你为什么喜欢带个注射器？"

他不以为意："得上了糖尿病呗！"

我又问："那你怎么给自己打针呢？"

菜总就好像引以为傲似的笑道："我想扎哪里就扎在哪里，想咋扎就咋扎！"

香椿街有很多人不喜欢菜总，因为他喜欢吹牛皮。不过我倒还是挺喜欢和他玩儿的，他是一个随性并且极易感受到快乐的人。人们每天打开窗户，向外探探头就会知道菜总今天的心情好不好，他的心情随时视天气而定。菜总原名可能叫李小辉，也可能是叫王小辉，谁能闹明白呢。因为他管理香椿街的菜市场，我们一直喊他菜总，后来也就渐渐忘记了他的原名叫什么。他似乎对这个称呼很满意，名字后面加一个总，就好像自己很有钱似的。当然单凭这一点，我们还无法说他是香椿街最喜欢显摆自己的人。

虽然喜欢显摆，总体而言，菜总是一个非常勤劳的人，他通过一生不懈的努力开过洗衣店、鞋店、手机店……这些店铺全部以倒闭告终。其中最值得一提的是他那家鞋店，还没开业一个月就因为自己搞出的优惠券活动倒闭了。那种优惠力度，我们至今还在怀念。当然手机店也挺值得怀念的，因为他一直致力于把自己培养成一个管理型人才，里面请的店员比顾客还多。夏天太热的时候，我们就会去他的手机店里坐着吹空调。

好在一只脚踏进黄土后，菜总总算是找到了适合自己的职业，到香椿街菜市场当管理员。你瞧他管理菜贩子的样子，还以为他是个耍皮影的呢。他不停热情地指挥着这个人那个人。

“你这个蔬菜不要这样摆！你洒点水，看起来新鲜才好卖。”

“你这个土豆，都生芽了，留着自己吃吧！”

“把你这里的垃圾，收拾收拾！”

“哎！跟你讲了多少遍，你就是不听！”

“你这个纸箱子别丢啊！留给我，我回头奖励给街头那个大傻子，他每次帮我们卸菜卸得可认真了。”

……

而实际上，听他指挥的只有菜摊上的那些蔬菜，因为它们不会开口反驳。

我那位在市场批发海鱼的舅舅向我抱怨：“全菜市场只有一个人不懂怎么卖菜，那个人就是菜总。那些卖菜的老农卖了一辈子菜，精明着呢！”不过有一点人们对他倒是挺认可的，他的勤快超乎人们的想象。每天当大家起床的时候，他已经吃完了早饭。等大家吃早饭的时候，他已经着急着要跑到菜市场去管那些人了。等菜贩子去菜市场开市的时候，他已经站在那里摆半个小时的架势了。

有时候在菜市场管人管得烦的时候，他也会到街上散散步，并给他看见的人一一提点建议。

“春梅妈，你以后别开饭店了，太慢了，不知道的人还以为你在厨房炼仙丹呢。”

“壮壮，你说路上的灰尘怎么这么多！我不知道跟市政府提过多少回了，叫他们给我们香椿街安排一个洒水车。”

我从未见过谁做出来的饭菜比菜总做的还香。来勇敢说："如果神仙下凡了，那也是因为闻到了菜总做饭的香气。"香椿街上的人，没有谁没喝过他酿的果酒。他家屋檐底下从东到西摆满了各种瓶瓶罐罐，腌制的黄瓜、豆角、萝卜、白菜……他像一个巫师似的摆弄着那些蔬菜，使它们散发出远胜于从前的独特香味儿。入夏时节，人人都会给他送一些西瓜，请求他来年还帮自己家里做一些西瓜酱。我从未见他拒绝帮助过任何一个人，他就是那样一个勤劳的人。我妈说："他连做梦都在想着怎么干活。"

每天早晨人们都能听到他哼着小曲儿，昂首阔步走在上班的路上。除此之外，他还很喜欢小孩，无论兜里有没有钱，到了夏天最热的时候，他总愿意给我们这些在香樟树下打牌的孩子买一根冰棍。但这并没有为他在孩子们中间增长一点人气，孩子们一见到他便问："你和你那傻子朋友呢？"他心情好了，便笑一笑，摆摆手示意我们散去，心情不好便破口大骂。他就是那样一个随时可以站在街头骂上半个小时，并且随便一件小事就能把他惹火的人。说实话，即便是在往后的这些年里，我也没见过谁在骂人上比菜总更富有主见。菜总的声音极其洪亮，骂人的时候极富仪式感，他会像芭蕾舞者似的调整一下自己的站姿，然后再对着人群像个烟花炮筒似的一顿吼射。

他经常跟我们显摆，说自己“上面有人”。有时候见到实在没有人搭理他，他也会假意向人们讨好：“阿凯，等到天热的时候咱们一起去欧洲旅游吧！”或者提出一些别的不切实际的提议，就好像他真的能出得起那笔钱似的。刀哥说像菜总这样的人是不可能有朋友的，因为他总想要去管别人。刀哥说错了，那个街头的疯子就是他的好朋友。三辉叔说：“菜总人其实挺好，只是生错了地方和时代。”

有一天清晨起来，人们发现香椿街变成了一摊令人作呕的泥塘。那个时候的人们并不注重保护环境，香椿街没有很好的排污系统，人们花了半年的时间修建下水道，仅仅是想把大家的污水管道连在一起。至于污水怎么处理，大家并没有想好，最后仅简单地把它连向了当地的一条小河。每天清晨，人们把垃圾收拾收拾，倒在河边、野山坡、荒地里，随便是哪儿，只要不在自己看得见的地方，就算处理好了。

暴雨先是让那条河暴涨到高出水平面几米以上的地方，然后又让它通过下水道系统，把我们排出去的污水冲到自己家里。如果从地图上看，香椿街此时一定像一只大臭虫。半夜，我妈把我叫起来，让我把被子、衣服挂在房梁上。事实证明，此举反而加快了房屋倾斜的速度。大街上四处飘着人们的衣物、柜子、瓢盆，在这场洪水中所有人都忙着逃命，只有来勇敢一个人忙着在洪水中捞着家什，他不舍得丢掉任何一点东西。人们开救生艇去接他的时候，他还在犹豫是让人们先救他的冰箱还是彩电。那件事情过去月余，我们还能从彼此身上闻到那股腥臭味。

热心肠的菜总，在这次抗洪运动中，总算发挥了他的才华。他指挥人用小船先把老人、孩子运到高处的坡地上，用羊皮吹成气球一样的东西，叫人们绑在身上，防止在水中淹死，又积极地组织人去别的地方运沙袋堵住大水，忙了几天几夜没有睡觉。在这场洪灾中，香椿街只死了两个孩子。那两个孩子是为了捡搁浅在路边草丛中的鱼，而不幸落水淹死的。

香椿街是一个松散的街道，做生意的人来来往往，没有什么组织，菜总是自己跳出来组织人员救灾的。在他的努力之下，救了不少人，这也为他在香椿街树立了威望，人们从那时起变得有些怕他。只有很少人能记得住他的好，因为只有很少人没被他骂过。他指挥人的时候又紧张又焦虑，而那种焦虑并非真正的焦虑，仅仅是出于自己的想法和才华无法在一瞬间得到释放。他不得不大叫着、吼着、骂着，说出他的想法，让人火速去执行。

因为洪水治理得好，菜总不再去菜市场当管理员，而被调到了街道办事处，成了他口中“上面有人”中的人。大概是坐不惯办公室，即便是穿上了白衬衫、黑皮鞋，他也依旧喜欢没事儿就拎着一个茶杯，在大街上转悠，看看有没有人乱丢烟头，看看街边有没有人打架需要他去主持正义。

后来的事情，发生得很突然，那时候菜总差不多都要快退休了。警察找到他家，说他敲诈。我听三辉叔讲过这件事情。据说，菜总在几年前把自己家的老房子卖给了一个外地人，卖了几万块钱。这几年地皮价格猛涨，房子价格一下子翻了许多倍。外地人又把这个房子以几十万元的价格卖给了别人。菜总眼红了，再加上儿子着急结婚用钱，他便威胁外地人说："你买我的房子，我这几年帮你挣了几十万元，你不得给我一点分红吗？"那个外地人便又给他四万块钱的分红，随后就告他敲诈，把他送进了监狱。

几年后，他从监狱里出来，再也不是那个声音洪亮、站在街头能随便大吼大骂的人了。他消瘦了许多，也戒了酒，跟谁说话都客客气气的，不再热衷于给这个世界提建议。他变得和那些和气的老年人一样，每天坐在香樟树下靠下棋度过余生。可不知怎的，我还是怀念那个嚣张得不得了，通过大吼大叫就想获得自由的菜总。

通向外面的路

一个面包车能坐十二个人。

你绝对想象不到那种场景，但这确实是真的。

壮壮干的就是这种营生，他是我们香椿街上每个孩子都羡慕的对象，因为他有辆面包车。那时候汽车还没有像现在这样普及，整个香椿街也没有几个人能买得起车。当时阿凯最大的梦想就是能拥有一辆小汽车，开着车带我们去野狐沟钓鱼。后来他果然拥有了一辆汽车，只是一不小心开着它撞了人。

壮壮开的那种面包车，现在不常见了。它总共有三排座椅，最后一排三个座位，中间的一排有两个。壮壮身为司机，承担了一个极其重要的角色，他像个称职的保姆似的确保着每一个人的腿上都坐着另一个人，别管他们认不认识。他像个大主教一样嚷嚷着：“别废话了，赶紧上！忍忍，马上就好了。”剩下的人来晚了没有座位，只要有空就塞进去。甚至连主驾驶和副驾驶之间的空当还坐了一个人，如果有可能，他恨不得连发动机上也安个座位。

每个人都想要进城的时候省下五块钱，而只要多上一个人壮壮就能多挣六块钱。乘客大多是穷学生，他们带着刚长大成人的人对一切事物怀有的新奇劲儿，说说笑笑也就过去了。每一次坐车他们都祈祷千万不要有人放屁，不然整个车厢就会变成一个“毒气室”。坐黑车是那些外乡学生回家的一个惯常选项，从香椿街到郊区的路被一种叫22路的大巴垄断了。那种车也是常年不洗，一上车就能充分地感受到人类的汗腺有多么发达。每个乘客也都是灰头土脸的，但这并不怪他们，稍微刮刮风，华北地区的人们就都会变成这个样子。

坐一次车大概是二十块钱，不算贵，但有些孩子确实出不起。他们知道自己的爸妈现在正在某个城市的地下室住着，当清洁工或者在工地上搬运水泥。逢年过节，要是上头给他们发了洗发水、沐浴露，他们也不舍得用，全部带回家给孩子。要知道这些孩子，几乎全部都是用洗衣粉洗头长大的。如果有人赶不上黑车，或者有富余的钱选择去坐大巴，会发现车厢依然被塞得满满当当，到处是人。

从城郊到香椿街的公路，原本是两条车道，但有一条道基本上一年到头都在维修，修了好几年，也没有修好。于是，司机们把一条单行道变成双行道用。有时候司机开车开累了，会在半路上把车停下来，询问从相反方向驶来的司机今天拉了多少人。后来有一阵子，两个方向的路都被封了，他们只好绕山道，从别的村子里绕过去。

那些村子里的人好像没有见过钱似的，把原本修得好好的路捅出几个窟窿，以便让汽车的轮胎陷下去，他们可以挣一点钱给孩子们买糖吃。也是那一段时间，油价涨得厉害，开大巴车的司机们不得不放弃请售票员，自己卖票。你一定也见过那样的场景，司机一边开车一边还在卖票。他一边用手把着方向盘，一边回头大声嚷嚷着：“别废话，刚上车的人，自己把钱递过来。没有零钱的人早早跟身边的人换一换零钱。”

经常会有一些妇女想带孩子进城，但不想给孩子买票，她们会把价格砍到最低，随后摆摆手表示不想去了。没开多久的车，壮壮就变得和那些同他讨价还价的妇女一样了。我妈常常叫我跟着壮壮一起去菜市场买菜，无论他买什么，只要我跟在后面就能讨到便宜的价格。因为长期窝在车里，壮壮开始发胖，肌肉全部都变成了脂肪。你可以想见他挺着啤酒肚、叉着腰，站在街边同那些来自乡下的菜农讨价还价的景象。阿凯说，没人敢惹壮壮，因为他看起来太像个孕妇了。

香椿街的人不富裕，但每个人会把买菜找回来的一角、两角的零钱都留给路边的乞丐。壮壮从来不把这些钱施舍给别人，三辉叔说：“如果由着壮壮省，他甚至能把一日三餐变成一餐。”一次，他去菜市场买菜，少给了那个菜农一块钱，走的时候还要拿走对方的葱。那个菜农是个急脾气，当场就恼了，他说：“我不卖了，我不卖了，你把我的菜都还给我。”此时的壮壮经过多重考量、反复犹豫，已经在菜市场磨蹭了一下午，才选好了两个土豆、三个西红柿。他听到那个菜农的话，多少有点不痛快：“我好不容易才选好的菜，你说不卖就不卖？！”

菜农说着便想从壮壮的篮子里把那些菜拿出来，嘴里嘟囔着：“三块钱买我那么多菜，这么便宜还要拿走我几棵葱。你家卖菜吗？你家有多少菜我买多少！”壮壮见他要把菜拿出来，主动说：“把葱还给你可以吗？”菜农说：“不行！我生气了！”壮壮说：“不行也得卖给我。”说着他顺手用葱敲了一下菜农的头，拎着菜扭头就跑了。

菜农做生意没有做舒坦，还被葱敲了一下头，一下子就火了，他追着壮壮想把壮壮打自己的那一下还回去。

追着跑了一会儿，眼见着跑不过壮壮，于是他朝人群中喊了一句话。他喊的那句话不是“把我的葱还给我”，也不是“停下不要跑”，而是“抓小偷”！在香椿街做生意的人，谁家没有遇见过小偷呢？大家最见不得的就是小偷了。菜农这一嗓子，吸引了好多人。他追着壮壮，他的朋友追着他，后面的人追着前面的人，前面的人追着更前面的人。一时间大街上的人都跟着跑了起来，他们都以为自己前面追着的那个人就是小偷。人们随手从路边的摊子上拾起苹果、橘子、鸡蛋朝前面的人砸过去，而那些损失了水果的人自然要追上去讨要。这些平日生活在一起的人，难免有些磕绊，谁不想趁此捞回来呢？

香椿街上最大的一次群架就这样开始了。

这场架一直从傍晚打到群星闪烁。有人在这场混战中丢掉了胳膊，有人失去了一只眼睛，有人被打得满嘴是血。几乎每一个参与打架的人都觉得自己站在正义的一边。

晚上八点多，壮壮吃完饭，来到街上散步。看到有一个人搀扶着另一个腿被打瘸的人回家，他还走上前去问了一声："怎么回事儿？"

那个人对他讲："没事儿，我们在抓小偷。"

壮壮心生出一点儿疑惑："抓个小偷，能打成这样？"

那人说："好像下手是有点狠了。"

壮壮安慰了他几句，说道："天黑了，别在外面晃荡了，赶紧回家吃饭吧！"

壮壮并不知道这件事是因他而起的，他早就拿着葱溜回家烧饭了。人们打架打得热乎的时候，他正在家里陪儿子听英语磁带呢！

瓦房中学

我小姨是瓦房中学的老师。

有一天我问她："小姨，你今年当了一年班主任有什么收获？"

"今年又收了三四盒打火机。"

"学校管得都这么严了，为什么他们还要抽烟呢？"

"可能每吸一口都意味着自由吧。"

香椿街有两所学校，一所是香椿街中心学校，另一所就是瓦房中学。香椿街虽然又偏又远，但瓦房中学却很出名。很多城里的人无论花多少钱，都想把孩子送到这所封闭式的私立学校读书。瓦房中学最出名的两个地方，一个是升学率高，另一个是食堂的饭无比难吃。我们香椿街本地人很少有坚持读到高中的，就算读到了高中，也很少有人能考上瓦房中学。

瓦房中学原来是香椿街的一处坟场，校长是一个村主任。他是一个心地善良的人，本来没有想过要把学校建这么大，只是觉得香椿街上的痞子太多了，是时候管教管教他们了。他对于教学生没有什么经验，但是出身于部队的他对于管理很有经验。他对学生实行军事化管理，每天早晨五点半叫他们起床、跑步，晚上十一点熄灯睡觉，每顿饭只给半个小时的时间，一个月只放一天半假。不听话就立即拉到操场，对他们进行军事训练。试想一下，一个学生每天有十二个小时都在学习，想考不上大学也很难。

这种模式很快就取得了效果，瓦房中学招收学生的门槛也越来越高，高昂的学费让这所学校对于我们来说变得遥不可及。这所离家最近的学校，也是我们最读不起的。香椿街上新一代的痞子，依旧是痞子。因为无所事事又需要钱，他们经常敲诈勒索这些外地学生。校长又一次发了慈悲，把他们招收到学校保卫处，让他们保护学生。

阿凯去瓦房中学当过一阵子门卫，工资不算高，但是他想到了特殊的挣钱方法。瓦房中学实行的是封闭式管理，如果学生有特殊情况想要出校门，是需要特殊的门禁卡的。阿凯私下贩卖这种门禁卡。一张一次性的门禁卡，五十块钱。我和阿翔都想不通，谁会花五十块钱去买一张破字条呢？但那些外地学生对自由的渴望超乎我们的想象。就是这张破字条，让阿凯攒到了买一辆越野摩托车的钱。三辉叔说，像阿凯这种人，是一辈子都攒不了钱的，因为只要他稍微有点儿钱就会嘚瑟起来。后来阿凯在学校里因为欺负学生被开除了。

瓦房中学虽然在香椿街上，但那里面的人对于我们来说，像是活在另一个世界。他们嘴巴里念着孔子、孟子和《道德经》，我们在学校的高墙外面涂满污言秽语。

那里面的孩子有时候会站在楼上看我们在大街上玩耍。我知道他们羡慕我们，可以随随便便走在大街上享受清风。小姨说，那里面的学生如果走路走得慢了，就会被班主任踹上一脚。我也看他们，羡慕他们每天都有干净的白衬衫可以穿。我妈说，那些孩子跟我们是不一样的，他们长大了以后会变成法官、检察官。我们长大以后，就会变成我们的爸妈。

后来，一件事情的发生改变了瓦房中学的命运。

关于那件事情有很多传言，我听到的版本是这样的。瓦房中学旁边有一个红花村，大概是因为学校扩建占了他们的地，价格可能没有谈拢，红花村的村民和学校的领导就杠上了。善良的校长再一次站出来，他们决定聘请红花村的村民到学校里做保洁。村民有地的时候，享受的是大自然的阳光、雨露、清风，嘴里咀嚼的是最健康的绿色食物，也就是说他们什么时候想干活就干活。突然一下子来到学校里，处处受人管，干活都要听着铃声，自然是不太容易接受的。没干多久，他们就集体罢工，要求涨薪。

那些清洁工仅仅罢工三天，学校就变成了一个巨型垃圾场。学校和村民彼此都觉得向对方做出了很大的让步，他们谁都不服气。学校领导生气了，他们决定让这些村民永久失业，便花了一个星期从外地紧急招了一批保洁。这个星期因为那难以言说的气味儿，香椿街上的人见到学校的人都绕道而行。红花村的村民没有了土地，失去了工作，补贴的钱也不够用，大部分人只能出去打工。留在家里的那一部分人就变成了红花村的痞子。这些痞子年轻，身手又好，可能是为了锻炼身体吧，隔三岔五去翻学校的后墙。

这一天，有一个红花村的村民夜里睡不着觉，想念着早些年自己在学校操场上种的那一排白杨树。随即起身，像翻进自家猪圈一样，翻进了学校里。这个时候已经凌晨好几点了，学校里所有的人都睡下了，只有他对着一排掉光了叶子的白杨树欣赏个没完。根据监控看，那个村民确实很喜欢白杨树，他盯着白杨树看了一会儿，又盯着灿烂的星空欣赏了一会儿，似乎在思考自己人生中那些难以捉摸的事情。也许是仰着脖子有点酸痛，他还在操场上跑了几圈步，跑着跑着就拐到了另外一个方向——女生宿舍。

这个村民，似乎天生就不爱走寻常路。他没有撬开正门进去，而是选择徒手顺着外墙的管道爬上去。不得不说，他的身手不错。他一口气爬到了五楼，那里有一个窗户没有关上，里面住了一个独身的女老师。那个女老师睡在学生式上、下两层的上层床榻上，村民没有看见她。他以为这个房间里没有人住，就开始翻东西了。翻了一小会儿，他把手伸进二层的床榻上，突然摸到了一个人的脸，吓得叫了一声，把这个女老师吵醒了。女老师平时教育学生也教育得比较起劲，练了一身的肌肉。再加上她正躺在村民的头顶，拿起床头的保温杯就朝村民的头上砸了过去，砸了好几下子觉得还不够过瘾，拧开盖子，把里面的热水浇在了村民的头上。从后来村民脸上烫伤的情况来看，这个保温杯的质量十分不错。

村民爬了五层楼，已经有稍许劳累了，根本没有力气还手，拎着女老师书桌上的电水壶就跑了，连他之前辛辛苦苦翻找到的钱包都没拿。第二天警察轻易地找到了村民，村民表示自己也很委屈，他说：“我只是想着我家里缺一个电水壶。学校里每年都查收那么多违规电器，反正查到了也都是扔掉，我只想去学校顺手找一个而已。”

学校里没有人员受伤，只损失了一个电水壶。本来是件小事，可是这件事情被瓦房中学的竞争学校知道了，再加上事情出在女生宿舍，市面上出现了各种难听的传闻。又是偷看女老师洗澡，又是校园抢劫案，人们在这件事上充分发挥了想象力。不喜欢该校领导的人，在这些事情上做了些文章。瓦房中学的声誉一下子就不行了，市里的人不再愿意把孩子送到这所学校里读书。少了这样一座监狱式的学校，香椿街的人并不是很在意，原本以为它可能就这样散了。只是没想到瓦房中学就像一个蒲公英，被吹散了之后，原本在里面教书的老师见到有利可图，四处开班设校。瓦房中学倒下之后，所有的学校都开始效仿它的模式。

一时之间，全省都是这样的学校了。

符

香椿街流传着一个符。

这条街上的人们都被它的魅力所蛊惑。

虽然没有人能搞明白那符到底是什么意思。

这个符在香椿街附近的老建筑上随处可见，过去的古城墙、古村镇都有。他们把这个符号写在金箔上，印在姑娘出嫁的行李箱上，刻在墙上，成了一句格言。多年以后，换了几代人，语言也变了，人们逐渐认不清当时的语言。谁也不知道那个曾经画满大街的符号，讲的是什么意思。外面的人派了语言学家、历史学家研究了很久，有人说那可能代表着一处宝藏，有人说那符号暗含着佛法真谛，有人说那是唵嘛呢叭咪吽的意思。他们研究了很久也没能弄懂那个符到底是什么意思。

尽管那符号看起来就像一条小蚯蚓爬动时留下的痕迹，但这并不影响人们把它用到日常生活中。每到节假日，大街上到处都是兜售这个符号的人。人们把它画在一张黄色的小纸条上，变成咒符四处卖。我妈就是这种纸的忠诚信徒，每年春节她都会在我的卧室里贴一张，据说可以辟邪。三辉叔从来不买这种符，他说：“香椿街上的人真是疯了，为了挣钱什么都能拿出来卖。”来勇敢不服气他的话，他对我说：“你三辉叔懂什么，这就是文化。”

人们把这种符号做成产品，当作我们香椿街的标志。要是有人问起，这个像蚯蚓一样的符号是你们那里的吗？我们就会骄傲地点点头。卖这种符的人总共有两家。第一个想起来卖这个符号的人，觉得自己是最正宗的，他可谓是香椿街版权保护意识的先锋人士。他在那张黄色的符纸上，除了印上人们看不懂的“火星文”，还画上了伏羲女娲图，并宣称自己拥有全部的版权。第二家卖符的人，是第一家卖符的人的弟弟。他看哥哥靠这个挣了钱，自己也做起了卖咒符的生意。但是哥哥不同意，一家人就闹了起来。

那天，我放学走在回家的路上，隔着很远，就看见街上有人在吵架。走过去一看，是那卖咒符的两兄弟。大哥觉得弟弟抢了自己的生意，但他没好意思明说，他站在弟弟的店门口指责弟弟过年给父亲买的酒不好、肉不多，弟弟不孝顺。弟弟为了力证自己孝顺，当街掏出了几百块钱砸到哥哥身上。一开始，两人想着吓吓对方、出出气也就算了。但站在一旁的看客替他们操碎了心，其中有一个人对着弟弟的儿子说：“快进屋拿个家伙来，你爸要挨打了。”

两兄弟正站在店门口相互问候着他们的妈妈，弟弟的儿子突然从人群中蹿了出来，拿着扫帚抽了他大伯一下。他大伯攥住扫帚反手就抽了他一巴掌。那个孩子才八岁，一下就倒在了地上。弟弟看到哥哥把自己的儿子打哭了，自然就不乐意了。他们就像跳天鹅湖的芭蕾舞者一样，带着节奏相互交替着抽对方巴掌。你一下，我一下，声音越来越响，好不和谐。打了一会儿，两人都累了，坐在门口的台阶上歇了一会儿。弟弟的媳妇突然又从楼上往哥哥身上倒下来一盆水，火焰一下子就点着了。谁也不顾颜面了，相互撕扯着，争做动物世界里闯入牛群的狮子。

又打了一会儿，人们看着差不多了就开始劝架，叫救护车。但这时候两个人已经打红了眼，控制不住了。他们已经不再是单纯的打架，而是为了发泄平时生活中的压力。虽然他们分别被三五个男人拉到两边，但还是像吸铁石一样相互吸引着。因为被架住了胳膊，他们开始用腿互踢，远远看上去，他们的腿就像飘在天上的风筝。

不一会儿，救护车来了，可是就来了一辆。虽然谁都没有受太大的伤害，但两个人又因为上救护车的先后顺序展开了一番舌战。不一会儿哥哥发现，靠骂人根本没有机会展示自己的才华，不得已他又给了弟弟一拳。弟弟挨了这一拳，立马意识到他们之间还有很多事情没有打明白。就这样，原本打算结束战斗的两兄弟又打了起来。而救护车还给两兄弟提供了前两次打架都不具备的优质工具。

医护人员看着他们俩都呆了："力气这么大的人，是需要被抢救的吗？"

最后，兄弟俩把他们卖咒符挣到的钱都捐给帮他们打官司的人了。

当然，没有人能想起来，很多很多年前的一个春天，有一个女孩从那些古城墙下面走过，深深地望了它一眼。她决定把自己的秘密记在上面，就像现在的人，每去一个景点就要把自己的名字刻在某块大石头上一样。她并不想让每个人都知道她的秘密，她只想在上面画上一个小符号，来提醒自己。那个女孩子当时只有十岁，因为缺碘正得着"大脖子病"。她的妈妈总是叮嘱她每天吃一块海带，可她又总是记不住。后来只要有机会，她就会在墙上画上那些符号，一时之间满大街都是那种符号。其实，那不过是她想让自己时时刻刻都能看见它，以提醒自己：每天吃一口海带。

白雪公主

每条街上都有一个别致的女孩。

我们香椿街也有一个西施，她叫雪雁。

如果我不详细地描述一番，你肯定不知道她有多么美丽。她长大成人的时候，我才十岁。就是那时我在心里暗下决心，长大之后要找一个像她那样好看的女孩。她有着一头顺滑靓丽的秀发，细长有致的身材，美丽的脸盘好似天明时还未隐去的月亮。那雪精灵般的美貌，使得她无论走过哪里，都会引来人们的注目。阿凯说："唐僧没有还俗，是因为遇见的是女儿国国王而不是雪雁。”

我听来勇敢讲过她的故事，她的母亲在生下她之前曾经流产过两胎，也有传言说那两个胎儿是雪雁母亲亲手埋掉的。你只要瞧一眼雪雁，就能明白她的母亲那双为了爱而心生出无边恐惧的双眼。雪雁通体洁白而晶莹，头发、眼睛、浑身上下，没有一处不像雪。没错，她和她那两个死去的姐姐一样，患有白化病。也正是这种病赋予她一种遗世独立的美丽。从日渐发育成熟的身体来看，她不仅没有显现出任何病态，而且已经具有一位完美的少女该拥有的一切娇羞与可爱。

雪雁家经营着香椿街最大的一家超市。我们都很羡慕她，因为她家里有吃不完的薯片。她的爸爸坐在家里就能收钱，而不像我们的爸爸，在没有生意的时候，只能一整天站在马路边，等着拉水泥的车过来卸水泥袋。这一天如果有车过来，就能挣到钱；如果没有，就只能蹲在草丛里插马玩儿，等到日落时分顺手从路边的草丛里拽一把草喂羊。雪雁过着千金小姐一样的生活，她住在香椿街中心一栋天蓝色的小楼里，保姆说她的房间里每天都要换上新鲜的花儿。

因为怕晒、视力不好，雪雁出门的时候都要戴一副眼镜，打一把阳伞。那模样就像是从时尚杂志中走出来的。我们哥们几个也想拥有一副眼镜，那会让我们看上去很有学问。为此，我们特意夜里躲在被窝里打着手电筒看书。近视眼没有弄成，黑眼圈却安排得整整齐齐。有一天我跟我妈说我也想要一把遮阳伞，我妈说："小子，只要太阳从西边出来，我就给你买。"我们对她的生活十分好奇，都想找个机会能和这位白雪公主说上几句话，可我妈早就给我打上了预防针："别跟那样的女孩玩，她太娇贵了。万一碰到哪里了，咱赔不起。"

外人的议论并没有使她的性格变得古怪。相反，她很可爱而且乐于助人。她总是把路边那些被人遗弃的小猫、小狗带回家养。她家里也是野猫最常光顾的地方，人们曾经提醒过雪雁叫她管好自己的厨房。她不以为然，并用那种生性乐观与好生活惯养出的宽容对人们说："不管食物还是自然，都是人和动物一起分享的。”有一次我在街边看到她，她的手里抱着一束淡紫色的玫瑰花。三辉叔说，雪雁在城里报了一个艺术班学习插花艺术，她以后想当一名插花艺术家。我们香椿街上，还没有出过艺术家呢。我问表哥，什么是艺术？表哥说：“艺术就是猫在自己的身上找到的老鼠吧。”

雪雁就这样在人们的注目下活到了十八岁。有时候生活就像一个森林，不知道从哪里就会冒出来一头野兽，撞得你头破血流。也是在她十八岁那年，香椿街遭遇了几十年以来最大的一场旱灾。整整一年，天上没有下过一滴雨，庄稼全部枯死在地里。整个市就像炉边儿的一块地，往街上泼一瓢水片刻就干了。有好几个月，我们只能从别的地方运水过来生活。刀哥说：“一匹骆驼要是来到香椿街，也能气得跑回沙漠。”除此之外，这一年还发生了一场火灾。

那场火是从一片树叶开始的。

那天天气不错，壮壮的老婆正坐在家门口的香樟树下乘凉。突然有一片树叶不偏不倚正巧砸在了她的脸上，这片树叶使她意识到天气也许已经转凉了。她起身跑到屋里，找出了一件壮壮不穿的旧毛衣，打算拆了给壮壮织一条过冬的围巾。这时走过来一个厨娘，她看见壮壮的老婆正坐在香樟树下拆毛衣，忽然意识到自己刚好也需要一点毛线，回家绑冬天需要晾晒的大蒜还是什么别的东西。总之，她向壮壮的老婆要了一卷线。壮壮的老婆给她缠了一小卷，但是无论如何也找不到能把这团小线团和大线团剪开的剪刀。

一个路人用嘴里的香烟，帮助她们解决了这个问题。

这个女人把这团线放在衣兜里，来到雇主家的厨房做饭。她先是洗了一块生姜、两个白萝卜，然后从橱柜里拿出一块腊肉，把它切好放在锅里炒。翻炒的过程中，没有发生什么不愉快的事情，只是那个带着铁把儿的锅顶了她一下，提醒她有一卷毛线放在她的衣兜里。这样的话，接下来做饭的过程可能有一点碍事。这个女人做事情十分谨慎，她害怕厨房里的水或者油烟会沾在毛线球上，就把这团毛线从衣兜里取了出来，放在橱柜顶上。做完饭，她把饭菜端到客厅里，就离开了。走到路口的时候，这个女人突然想起来，自己的毛线还落在雇主家里，但是她想明天再来取也不迟，反正不急着用。

夜里，一只经常来访的野猫钻进了那间厨房，想看看里面有没有一点儿可吃的东西。它喵喵叫了好几声又在地上打了好几个滚，东边扒一扒，西边看一看，心里有点郁闷，因为什么吃的也没有。不过好在它找到了一个好玩的东西——毛线球。野猫用爪子扒弄着毛线球，把它从橱柜上端踢到了地面。这是一只非常有性格的猫，它不仅贪玩，还非常执着。它用爪子抓一下毛线球，毛线球就动一下，毛线球一动，它就又想抓一下。就这样它玩了好一会儿，一直玩到这只毛线球滚到一个它看不见的角落。这个角落，叫作锅炉洞，里面刚好还有一点火苗。毛线球着了火以后，猫又看见了它，感到非常奇怪。它想：自己的小伙伴怎么还会发光呢？当然，也可能是它什么都没想，只是还想继续玩。猫又一爪子把它从锅炉里拽了出来。那毛线球就好像不受控制了似的一直滚呀滚呀，滚了三四米远，点着了不少东西。干旱极了的香椿街，似乎缺的就是这一根引线……

没过多久，整栋房子就全部烧起来了。那栋房子的构造和我们这儿的每一栋房子都差不多，但是更为华贵。天蓝色的外墙上画满了洁白的小花，橱窗里展示着店主收藏的艺术品，无法复刻的艺术剪纸、祖上传下来的青花瓷碗、漂亮的手工刺绣品……一件件珍贵小巧的物件，是主人历经数十年一点一滴用心收集下来的。那是一栋三层的小别墅，一楼是超市，二、三楼住人，他们又在院子里盖了几间偏房，当作厨房、仓库，厨房外面还堆着用来烧火做饭的麦秸垛。哦，有一点忘记说了，这个厨娘是雪雁家的厨娘。

凌晨两点，有一些还未入睡的人，听到外面砰砰砰地放起了鞭炮。那是火烧到了雪雁家的仓库，点燃了仓库里摆放的鞭炮、烟火。不受控制的烟花像精子飞射向卵子的瞬间，又悲壮又美丽又诡异。一束烟花还没有放完另一束又放了起来，璀璨极了。密集的火花冲出仓库冲向主楼，点燃了它。等人们意识到发生了什么事情的时候，已经晚了。

那场火灾带走了这一家人的所有，连同雪雁的生命。从此之后，我每次经过那个路口都要深吸上一口气。因为再也没有人会假装抽烟，停在那栋蓝色小楼斜对面的香樟树下，只为看一眼那雪精灵一样的少女清晨起床打开窗探出头看看这美丽世界的瞬间。那栋牌匾上写着“美丽小店”的超市，被烧成了一个黑洞。

几个月后，那里被拆除重新建成了一个麻辣烫店，人们很快遗忘了这件事。而雪雁，就像从未来过这世上似的。起火的那天晚上，因为没有能救火，我妈叹了一口气，对我说道：“这样的结局也许是美丽的。就算她从这场火灾中活下来，也注定要孤独终老。没有财富，一个美貌的女人就会成为被人凌辱的对象。何况没有人会娶一个白化病人。”

而在那场大火将那栋小楼烧成灰的一个小时后，天上就下起了一阵瓢泼大雨。

此时的人们刚从睡梦中醒来，他们挽着手，捧着脸盆、水桶纷纷走上街头庆祝。那是干旱一年多以来，香椿街迎来的第一次降雨。

小薇

香椿街上每一个人都知道我二姨有情夫，除了她的老公之外。

她的老公是个泥瓦匠，基本上一年到头都待在工地上，没有工夫管家里的事情。自认为是正义化身的菜总，曾几次三番地提醒过她老公：“好不容易回来一趟，多看着点你老婆。”她老公总以为这是在提醒他，老婆在家照顾孩子太辛苦，回家应该多做一点家务。

二姨快四十岁了，却还总是把自己打扮得像个学生，她喜欢穿白衬衫、迷你短裙。她养着一头漆黑靓丽的头发，画着蓝色的眼线，每每你上前去和她说什么，她总会眯着眼睛看你笑笑，并不说话。不像香椿街别处的人喜欢夸夸其谈，她有点神秘，喜欢和别人谈论鬼神之事。每到日落时分，人们收了生意坐在门口闲聊的时候，她偶尔也会加入，但明显不像大家那样为生活忧虑，尽管她是这么多人中唯一一个靠借钱过日子的人。我妈说："你二姨这一生只做对过一件事情，那就是在房价大幅上涨之前，东拼西凑地买了房子。"

二姨年轻的时候成绩不错，家里人凑钱把她送到城里的卫校，希望她毕业以后能有个不错的职业。可是，二姨在上学时半路跑了，跟来学校种树的工人私奔了。在我姥姥快哭瞎的时候，她寄回来了一封信："以后无论怎么样，我就跟定这个人了。"因为实在不放心，姥姥去看过她，当时她已经怀孕，住在一间泛着霉味儿的地下室。姥姥掀开他们做饭的锅，见里面爬满了蚂蚁，给他们留了些钱便走了。一直到孩子出世，二姨实在过不下去了，回到了姥姥家。那个男人也跟了过来。

那个男人虽然懒，但是家里有三个孩子要养，也只得拼了命一年到头在外打工干活。即便是这样，钱依然挣得不够花。我表哥生病的那一年，二姨每天一睁眼就想着怎么向亲戚们借钱。一天，她似乎觉得，总是借钱这样的日子过得不妥，便和朋友一起去舟山海产品加工厂打工，干了半年受不了那腥味儿，便决定还是回来借钱过日子吧。有一年她又生了孩子，从网上认识了一个卖奶粉的男人，便住进了人家家里，直到孩子断奶才回来。

姥姥每次教育人总是要拿二姨举例子，说："别跟你二姨学，一天到晚不正混。"二姨虽然不正混，但整个香椿街也没有几个像二姨这样爱美的女人。无论什么时候，她出门总是把自己打扮得漂漂亮亮，就好像去参加舞会似的。走起路来，屁股就像麻花一样扭来扭去。有不少人向她献媚："要是你这样漂亮的人卖化妆品，我们姐妹几个定会来光顾。"于是她就在人们恭维之下，偷挪走了姥姥的退休金，在香椿街上开了一家护肤品店，还特意请三辉叔帮她想了一个招牌名：

小薇女子妆媛

您身边的护肤品专家

我妈不看好这个化妆品店，她说："你二姨开这家护肤品店，不过是为了名正言顺地让我们姐妹几个给她捐钱。"我姥姥也不喜欢，她非常生气："马上都过半辈子的人了，她还认不清自己。她能搞出什么花招？"即便是这样，二姨的护肤品店开业的时候，我妈还是叫我去给她帮忙。二姨偷偷对我说："小娃，叫你们同学的妈妈都来。卖一盒面膜，我给你提成五块钱。"我跑去跟我的同学说："你妈敷面膜吗？介绍给我二姨，咱们俩一人挣两块五。"后来那些挣到了钱的孩子都挨了打，因为他们的妈妈敷了面膜十有八九都过敏。后来，我在学校没法混了。

经过这次事情的教训，二姨想到应该进一些高档的化妆品。我妈又借给了她一笔钱，她还回来的是一堆三无面膜。姥姥叫舅舅去劝劝二姨，和她讲点人生的道理。舅舅去了，说：“小薇啊！做人不能像你这样子……”接着舅舅又讲了许多原本贫穷，后来靠自己的努力发家致富的人。二姨反问他：“你快努力奋斗一辈子了，有钱了吗？”舅舅愣了。他缓了几秒钟又劝她：“那人也不能活着没有目标啊！你不能老赖着家里人，人得为自己而活。”二姨说：“你这一生为自己活过几次？”舅舅又愣了。本来舅舅是去劝人的，没想到先被二姨说哭了。

不管怎么说，二姨的这家护肤品店是她人生中干得最长久的一项事业了。总共干了不到一年，最后在瘟疫暴发时停业了。她的生意时好时坏，有钱的时候她就带着我去KTV唱歌，没有钱的时候就去借。为了抢生意，她和街上另一家化妆品店的老板娘还打过一架。她用的是最低级的办法，诋毁人家的化妆品不好。打架的时候用的是她对付男人的那一套，坐在地上装可怜，结果被那个女人打得脸都青了。

姥姥嫌弃她这种赚钱的方式，骂她：“看你在家里最小，怎么把你惯成这个样子？！别浪费家里的钱了，有种你去花外面男人的钱。”这个家里似乎每一个人都盼着她能够自立一点，我舅舅甚至盼着她到外面傍一个大款，来弥补这些年家里人给她倒贴的钱。有一年，舅舅买了点水果去二姨家，求她还给他一些钱。不仅一毛钱没有要到，反而又被赖掉了一笔钱。舅舅气得打电话给姥姥：“以后她就算是死在外面，我也不管了。”

她和妈妈说要去南方玩几天，就从香椿街消失了。原来她是和朋友跑到医院整容了，最后没有钱结款，留在医院给他们揽生意去了。这一次倒是挣了不少钱，但是全花在自己身上了。整完了脸，她又开始隆胸。过年回来的时候，我看到有个女人穿着薄丝袜站在门口，还以为是走错门的人。我们全不认识她了。她的口气也变了，不再亲昵地喊我“小娃”。她过年回来就是要和姨夫离婚的，她要去外面挣大钱，说是在外面认识了一个比她大二十岁的富豪，还给我们看了那个男人送给她的钻石耳坠。

她要离开的那天早上，大家都很难过。我妈叫她多带点衣服，她说家里的衣服在外面没有能穿得出去的。她穿着她的小皮鞋，拎着皮包站在门口等车，风把她吹得瑟瑟发抖。她不时地回头对我们笑笑，并向我们大家喊着："回去吧！别担心我！"又跟她的孩子说："妈到外面给你们挣钱去了。回头叫那个叔叔给你们在城里买套房子。以后就再也不会有人说我在家啃老了。"

舅舅憋着气，坐在屋里一动不动。二姨在风里笑着，我脑海里闪过几个镜头，就是那种战士出征前最后一次看见自己亲人的镜头。我把这种感觉说给了姥姥听，以为她又要开始骂骂咧咧了。过了一会儿，接二姨的轿车开了过来。姥姥却在这时突然冲了过来，一下四仰八叉地躺在那辆车前面，哭着对二姨说："你这个没有良心的，养你这么大，你又要走。你要是敢离开家，就先等我死了。"

我妈、我几个舅舅，那些平时厌倦透了这个从不还钱的妹妹的人，也开始一起劝着别让他们的小妹离开家。

这么些年，他们早已经习惯了家里有一个人总是给他们找事情，现在这个人要离开了，要过上电视里的那种她们想也想不到的生活了，他们谁也接受不了这种反差。舅舅夺过二姨的包，转身把它扔进房间里，说：“你还是别去外面了，上次你也是说要出去，结果回来一身病。别走了，留在家里啃我吧，我的钱都给你花。”

二姨没有走成，留在家里待了一年。当她把外面那个男人给她的钱花完之后，翻出了舅舅曾经对她说的话，找舅舅借钱。舅舅却对她说：“我不叫你跟那个男人走，是怕你被人害了。你倒是很听话，我叫你不去你就不去。我还叫你出去挣钱呢，你去不去？”

疯子与医生

有一件奇怪的事，那就是在香椿街，人人都认识疯子，却没有人知道他是从哪儿来的。疯子是忽然有一天出现在香椿街的，等人们意识到他的存在时，他已经在香椿街医院住好几个月了。那个健硕如牛的疯子不到三十岁，他高大的身材、古铜色的皮肤、结实的肌肉简直把香椿街所有的男人都比了下去。他是在一个寒冷的冬天来到香椿街的，因为香椿街医院的暖气很足，而且有很多空房间，他就翻过墙头，和那些身患绝症的老年人待在一起。人人都以为他是其中一个老人的家属，但其实他谁都不认识。那些老人吃的东西不多，亲戚朋友拎的补品像小山一样堆积在病房里。他帮助他们半夜上厕所、叫护士，顺便消耗掉那些吃的东西。

某个雪天的夜晚，他钻进一个女人的房间。那个女人吓得乱吼乱叫，他却丝毫不觉得惊慌，既不逃跑也不搭理。他执着地翻着女人的衣柜，不是为了干别的，只是为了找点衣服穿。第二天人们就见到他穿着女人的衣服——一件紫红色的棉袄、黑色的蕾丝裙配着高跟鞋，在医院里像模特一样大摇大摆地走秀。这时人们才意识到，他并非任何人的家属，而是一个疯子。人们把他赶出了医院，但他并没有放弃，只要一有机会就往医院里跑。

那个疯子被赶出医院后，开始靠捡拾垃圾为生，并用捡垃圾的钱给自己买了一辆自行车。每天骑着车在大街上逛游。人们经常戏弄他，因为他喜欢女装，并且不认识钱。无论一元、两元、十元、一百元，在他心里都是相当于一元，他只认识一元钱。菜总经常会给他一些运蔬菜的纸箱子，疯子很感激他，每次见到运送蔬菜的小车过来，都积极地帮忙卸货。

疯子也不是每天都疯，不疯的时候看上去就像人群中的谁，甚至比我们还显得知性许多。疯子喜欢读书，无论何时，只要是捡到带字的纸片儿就立马坐下来读。人们经常看到他拿着一本发黄的旧书蹲在马路边上读，嘴里不清不楚地念叨着一些话。没人能听懂他在说什么，有时候人们也会发善心地往他面前丢一角钱。他不要，说自己是个能自食其力的人。我们都称那个人“疯子”，菜总不叫他疯子，说他只是傻。

有一次菜总喝醉了，抱着酒瓶子满大街找人要给别人提建议。最后他找来了疯子，他和疯子一人一瓶酒坐在香樟树下，吃着花生米，就像一对互诉衷肠的亲兄弟似的。来勇敢看菜总醉得不轻，便想把自己剩下的一点洗发水卖给他。来勇敢不好意思自己去，便差使了一个十岁的小孩。那个小孩拿着东西便跑了，而来勇敢以为是菜总收了东西不愿意付钱，便结下了怨。自此以后，菜总喜欢什么，来勇敢就讨厌什么。菜总嚷嚷着要去市政府找人给香椿街修路，来勇敢就在后面拆他的台。菜总喜欢疯子，来勇敢就拿啤酒瓶砸疯子。疯子被酒瓶子砸得没办法了，就跑到胡医生家的后院住了进去。

香椿街有个中医医馆，里面有位姓胡的女医生，好像是卫校毕业的。有人说，她的门诊在工商局注册过了，有人说没有注册过。这都不打紧，找她看病的人还挺多。等到“上面的人”来检查的时候，她就找块大草席，把自己家门诊的牌子盖上。香椿街上的人大都不喜欢去香椿街中心医院看病，因为不喜欢挂号、取号，许多人也弄不清自己该挂哪一科，并且去大医院心里害怕，不像在小门诊还可以和老熟人唠唠嗑。有许多人身体不舒服，你问他有什么不舒服的地方，他也说不清楚。大部分人得的都是慢性病，等到医院能查出具体原因的时候已经是大病了。

人们去胡医生的中医诊所，只是希望医生能给自己开一服药，来缓解心理上的不安，至于开了什么药，也不在意。这个胡医生的诊所，已经在香椿街开了十几年了。不管你是什么病痛，到了那里，她都可以给你开几包中药调养调养。如果病痛太小，她甚至不给人开药。实在碰到有病人闹着非要吃点药，她就会给人来几片维生素。很多人，即便是没有病，也喜欢去那儿坐坐，闻闻满屋子的中药香气。每天傍晚人们就像去教堂一样，到诊所里坐坐聊聊白天发生的事儿，只坐一会儿仿佛一天的劳累就会全部消失。

胡医生是个四十多岁的女人，结过一次婚，没有孩子。现在离了婚一个人过清净日子，平时没事情的时候会去俱乐部学古筝。她的生意很好，没出过什么岔子，只有一次给一个孩子吃错了药，让那孩子拉了肚子。还有一年，有一个人老得快不行了，来这儿喝喝茶，结果断了气。胡医生自认倒霉，给了家属一些钱。她的诊所因此停业了些时日，不久之后，人们忘记了那件事情，又来她的诊所看病。

疯子本来就喜欢往医院里跑，住进胡医生家的后院，人们并没有感到稀奇，甚至人人都劝胡医生："你家里空荡荡的，都没有一个人！天气冷了，疯子住外面也怪冷的，你就当多个家里人吧！”胡医生赶了疯子几次，白天赶走夜里他又爬墙跑进柴房住，后来见实在赶不走了，便给了他一些活计做，也不算是白养活了。胡医生找了几件男人的衣服给疯子穿，又给他洗漱打扮了一番，让他到门诊厅招呼招呼病人、打扫卫生，就像一开始他潜入医院当护士一样。他似乎很喜欢这份工作，每天都高高兴兴的。有时候胡医生不在，他还会装模作样地穿起她的白大褂，给人们听诊。也许是耳濡目染，竟然也能讲出一两分道理。

一天，壮壮去诊所抓药碰见疯子在家，便想赖掉不给了。他从兜里抓了一把一元钱，随手往桌子上一放便对他说：“你瞧，钱都在这儿了。齐了！”说完他抱起药包就跑，没走两步就被疯子抓回来了。疯子说：“你应该给我一百二十块钱！”壮壮瞪着眼睛瞧着他问：“你不疯啦？现在认识钱了？”疯子白了他一眼：“我现在是有家的人了。”

在胡医生家里住了一年以后，疯子已经和正常人没什么两样了，大家都说那是胡医生治病治得好。我妈说：“真正能治人百病的是爱啊！”有一天晚上，我妈叫我给胡医生送几根胡萝卜，我竟然发现疯子和胡医生在屋子里面说悄悄话。后来的事情，大家都知道了，因为胡医生怀上了孩子。胡医生的家人纷纷来劝她把孩子打掉，跟一个疯子生出来的孩子能有多好！胡医生看了一眼在外面数着玻璃珠的疯子说：“这孩子就算是个傻子，我也能养活。”孩子出生以后，我妈还叫我给他们送了礼钱，香椿街的人也渐渐地接受了这个事实。只是胡医生单身多年，现在有了孩子似乎还有点不习惯。

我妈煮粥时缺两颗红枣，让我去胡医生家里找。正好碰见那个笨手笨脚的男人，他把诊所搞得一团糟，奶粉撒了一地，药材胡乱地堆在一起。胡医生没有力气看病，那个孩子半夜经常又哭又闹，扰得她白天没有精神。她变得非常瘦，两只被白干皮包裹着的手像枯萎的树枝似的。她的头上粘着奶粉，眼睛下面黑了一圈儿，似乎刚被什么事情给激怒了，一边疯了似的朝那个蠢笨的男人吼，一边骂自己的孩子。

我回家对我妈说：“你没瞧见那个场面，胡医生就像疯了似的！”

烧烤大师

在香椿街，如果有谁抱怨自己的生活过得不好，人们就会对他说上一句："哎！你为什么不去王琪家里看看，你去看一看就知道自己有多幸福了。"

王琪家在香椿街最西边，她需要独自抚养三个孩子、一双父母，这也就算了，还要养活自己的老公。为了生活，她什么都干过，一开始是收废品，后来被人举报收了不该收的东西，去拘留所待了一段时间。出来后卖过早点、开过养鸡场……基本上是王琪的老公海亮想出一个点子，王琪就赶在后面收拾一个烂摊子。前几年瘟疫过后，寺庙里的香火生意突然好了。海亮就想着买点做家具剩下的锯末，买点机器，在家做香。行头置办好了，摆摊嫌太晒，做香嫌胳膊累，只干了两个星期，海亮就不想干了。不做香了，街头又流行起了烧烤，海亮就想干烧烤。海亮折腾来折腾去，啥也没学会，最后把王琪培养成了我们这一带的烧烤大师。

每天下午三点多太阳刚落下去一点点，王琪就推着她那辆被孩子涂满喜洋洋的铁皮三轮车出来摆摊了。在夏日的傍晚，坐在王琪的烧烤摊前，吃一份炸年糕或者蜜汁烤鸡翅，再来一瓶冰镇汽水或者啤酒，和好朋友有一搭没一搭地聊着学校发生的事情，是一整天最舒服的事情。有时候我们也会和王琪调侃一下她的丈夫："嗨！现在是下午五点了！海亮从床上起来了没有？"王琪会笑笑对我们说："如果想让海亮从床上起来，要么给他钱，要么给他酒。"她似乎从未过问自己的丈夫，也不在意别人和她开这方面的玩笑。

王琪的头发似乎从来没有梳开过，一头染得焦黄的头发，每日用一个小小的发髻包着，身体像一团发胀的面团似的。无论什么时候你看见她，她都穿着那件沾满面粉和酱料的围裙忙个不停。上午不出摊，王琪会到饭店里替人刷盘子。双手因为长期泡在水里，手指肿胀得像塑料泡沫似的，指甲和皮肤连接的那一圈，陷下去的口子都能塞进去一粒瓜子。但是我们谁也没有听她抱怨过一句生活，无论见谁她都是笑呵呵的，并且尽量让自己的孩子穿得体面。阿翔说要是香椿街上的人都像王琪这么勤劳、乐观，我们这儿早晚要重回经济的巅峰时期。我们的妈妈都喜欢给她打电话，或者到她的烧烤摊跟她诉诉苦。不为别的，只是因为她能从安慰别人的过程中取得成就感。谁也忘不了她那咋咋呼呼、火热而又带着布道般正经的口气："有啥可伤心的？要不我给你讲讲我的故事？"任何一个路人，只消一支烟的交情，都能从她嘴巴里套出她这一生任何一个悲惨故事中的细节。

我们喜欢王琪，但都不太喜欢海亮，多半是因为海亮看起来又白又嫩，身上一点磕碰的痕迹都没有，看上去不像是和我们一伙的。阿翔说："看他那副样子就知道是个小白脸。”海亮的兜里总是装着一包从美国舶来的铁盒烟，看见女人就拿出来叼在嘴巴里却并不点火。有时候去来勇敢家里打牌，海亮也会吹嘘他在外面有多少个女人。他经常在没有女人的来勇敢面前做发愁状，叫他帮忙想想办法，说有个女网友看上他了。但我们并不当真，我们心里都知道，除了他老婆，别的女人都喜欢兜里装着现金的男人。

后来有一天，我们以为海亮开窍了，终于知道体谅妻子了。他到香椿街洗澡堂干起了替人收票、卖票的活计。开洗澡堂的女老板把招工广告贴到他家门口，他撕下来就去应聘了。这份工作海亮虽然仅仅干了几个月，却也已经打破了他人生工作时长的历史纪录。那段时间，我们一直想不通，为什么这一次，他每天出去工作回来没有醉倒在香椿街某个小酒馆里，嘴里吐着白沫，抱怨着生活的艰辛。要是以往，听到他那些醉酒后的话，不了解的人会以为那三个吞金兽般的孩子真的是他亲手养大的。而等我们反应过来发生什么事情的时候，他已经和开洗澡堂的女老板私奔去上海了。

我们都以为这下王琪该被击败了，她该像香椿街上那个卖豆腐的女人似的，有事儿没事儿就坐在街上大哭一通，抱怨老天爷让她失去了所有的亲人。而王琪只停业了一天，第二天又去摆烧烤摊了。大伙就好像约定好似的，不去她的烧烤摊吃东西，以便给她一点儿自由的空间。而王琪见发生了这么大的事儿还没有人理她，竟然开起了自己的玩笑。那天我和阿凯、阿翔从她的烧烤摊前走过，她弯下腰挽起自己的裤脚对我们说："快看，我今天是瞎了吗？怎么穿了两只不一样的袜子？"说罢，独自哈哈笑了起来。我和阿凯、阿翔惊讶地瞪着她看了看，径直走开了。

王琪的妹妹看不下去，给她出了一个主意，叫她带着孩子去那个开洗澡堂的人家里撒撒泼。但她看上去似乎也没有那么着急，只说了一句："他那样的人，在外面能干什么？钱花完了就会回来的。"这一点，还真被她说中了。

一个秋天的傍晚，下着小雨，海亮从外面回来了。他穿着一件单薄的球衣，没打雨伞，看上去憔悴极了，就好像刚挖完煤似的又黑又瘦。他站在灰黄的路灯底下，敲着自己家的门，求王琪让他进去。王琪打开窗户对他说："你要是能从窗户进来，我就让你回来。"那扇窗户上足足装着十二根铁条，海亮拿着小刀整整锯了一个晚上，也没能锯开其中一个。第二天一早王琪出门干活，海亮堵在门口不让她出去。王琪站在门口骂他："你不要脸！"海亮说："你是不要脸的老婆。"经过几轮激烈的对骂，海亮进家门了。

我们一直疑心海亮到底给王琪灌了什么迷药，让她这么多年一直任劳任怨地养活他。有时候，我们甚至想一起凑钱，找个外地人把海亮打一顿，别让他再去外面丢我们香椿街男人的脸了。我把海亮又回来的消息告诉了我妈，我妈说："他们两口子这样好些年了，王琪的父亲知道海亮是那样的人，一开始就不同意她跟海亮结婚。王琪对她的父亲说：'不嫁给他可以，你去给我找一个和他长得一模一样的人来。'”妈妈讲着王琪和海亮的故事，又转回头瞧着我爸说：“事实的真相就只有一个——每一个男人都烦得要死。”可是对于王琪这么轻易就让海亮回家这件事，我还是不解，便跑去问三辉叔，他说：“那还能是因为什么？因为她爱他呗。”

祝你好运

阿翔是我的表哥，外面的人都叫他刀哥。

叫他刀哥并不是因为他的刀功好，而是因为有一次他玩刀扎到了自己的脚指头。

刀哥从小就想当一个生意人。小学时，在那备受理想主义熏陶的年轻女老师的鼓励下，我们学校有几个梦想当歌星的男生，在香椿街菜市场办过一场演唱会。那时候，我们每一个人都有一个伟大的梦想，觉得自己长大以后，不是会当宇航员、科学家，至少也会成为主持世界正义的法官、检察官。但是，刀哥从小就比较现实，当老师问到他的梦想时，他随口就答："我想当个卖鸡蛋的小贩。"他的回答令所有的孩子都笑了。而在这些孩子中，只有刀哥准确地预知了自己的命运。

我们从香椿街婚庆公司借来了音响设备，在摆放蔬菜的水泥台上搭上红布，挂上彩带、气球，一场演唱会就开始了。由于没有提前做好准备，现场有点混乱，一首歌放着放着就变成了新闻联播。好在台下坐着的孩子们都非常认真，他们瞪着眼睛看着台上那些被颜料抹得奇怪的脸，由此也就忘了那些人歌唱得有多难听。这些孩子几乎全部沉浸在过节的氛围中，只有刀哥耐不住寂寞。他提着一个小布兜，走两步蹲下一步，挨个问那些和他同龄的孩子："需要瓜子、糖果吗？五毛钱一包。"

据刀哥的妈妈，也就是我三姨说，刀哥十岁时就已经熟练地掌握了做生意的基本技能。在一个晴朗的日子，刀哥、阿凯还有我一起去河边玩。我和阿凯负责在河边钓鱼，刀哥负责把我们还没有钓上来的鱼卖出去。他是这样做的，只要是看鱼的人，每个人给他一块钱，不管下一钩钓上来的是啥，都卖给他。就这样原本价值几十块钱的鱼，被他几块钱卖了。

如果要打包自己的行李，刀哥也是速度最快的一个。没结婚以前，他的房间除了一床被子什么都没有，他把自己一切能变卖的东西都换成了钱，就好像一个要随时逃跑的囚犯似的。

除了喜欢钱，刀哥还非常迷信。每次打电话，他都会以一句“祝你好运”结尾，听他那古怪的口气，就像被下了某种咒语似的。有一次我给他打电话，大概是拜托他帮我们家修水管之类的事情。拜托完之后，我们愉快地聊了一会儿天，聊到夏季汛期过后水库里长肥了的鱼，商量好了过几天再去钓上一钩，到时候从家里带点红薯过去，去野地里烧红薯吃。想象刚烤完的红薯那软糯香甜的味道，我的心里充满欢喜。正在这时，刀哥冷不丁地来了一句：“你是不是有什么事情忘记和我说了？”

我问：“什么事情？”

刀哥说：“你自己心里清楚。”

我还没有意识到什么事情，说：“鱼钩吗？嗨，我们这儿多的是！”

刀哥急了，恶狠狠地说了一句：“你忘记了一件重要的事情！”

我摸了摸头，还是没有想到。

刀哥说：“完了，完了。我这一天没有好运气了。”

这时我才意识到，连忙说：“祝你好运，祝你好运。”

刀哥听了之后如释重负：“下次不要忘记这么重要的事情了。”

我们全被他搞得神经兮兮的。

喜欢听“祝你好运”这句话是从他经营养鸡场开始的。当时他把挣的钱全拿出来，又搞了几十万元的贷款，包了一块地，养起了鸡。小鸡刚刚长大，瘟疫就来了。上面的人把各处的路都封死了，饲料运不进来，长大的鸡也卖不出去，最后全部饿死了。从那之后，他就像上班打卡一样，开始祭拜各路神仙；并且时不时地威胁我们，让我们祝他好运。如果你有幸去他家里看看，就知道了，算了，你还是别有这种幸运。他有一个专门的小盒子，收集着各式各样能让他变得幸运的东西，从茶姑那里求来的符咒、从云南古庙里捡来的一粒石子、千年老树上落下的树叶、许愿池里的一枚铜钱……

那场瘟疫过后，刀哥就在家里备上了一箱子口罩，按他的话说，照污染环境的这个速度，早晚用得上。有一年香椿街某户人家失了火，他就备下了灭火器。日本核泄漏的时候，他备下了进口药。去年有人在香椿街后面挖了一条河，他又备上了救生衣。假如搬上高层楼房住，指不定他还要备上降落伞。每年过年，刀哥都要到香椿庙里捐一炷头香，换回来一块红布。按我的想法，有那份钱还不如去吃一顿好的。香椿庙里唯一一个和尚，还是开庙那天临时请的。那个和尚念了几句经，当天干完活，结了工资就走了。庙不逢节假日也不开门，里面只住着一个打扫卫生的老人，是菜总从老人院里以极低的价钱找来的。香椿庙唯一存在的必要，就是养活了住在庙对面那一家卖香火的人。

就是这么幸运，刀哥也没能阻挡住老婆跟他离婚。有一次我和我妈去三姨家做客，碰巧赶上刀哥在家。他正拿着一小串珠子诚心地用手转着，琢磨着什么事情。看见我走过去，他正想拿出什么物件向我介绍。嫂子见他朝屋子里走，就好像预料到他会做什么事情似的，大声地叫住他："阿翔，不要再拿你那套东西出来忽悠人了！"他迷上了收集石头。按理说，香椿街这个不南不北也不出产玉石的地方，是很少有人炒石头的价格的。但刀哥之所以被称为"刀哥"，也是因为他每次都能超出大家的想象。

按他的话说，那些石头不是石头，而是山的灵魂、树的灵魂。他给我看了他一系列的收藏品，不得不说，有些石头还是值得一看的。它们当中的某一些，上面写满了数字，某一些的花纹像海上日出，某一些石头则被他解释得神神秘秘，让人听了十分着迷，仿佛一瞬间就能看见无数神秘的小鹿穿越时间和空间，把自己的足迹留在一块石头上。我心里越发觉得这经历亿万年才凝聚成的石块，确实要比人类这短短几十年的寿命精彩得多。讲着讲着，他拿着一块像是从咸菜缸里掏出来的石头，对着上面的花纹向我解释了一番："这个像不像古代壁画上飘飞的舞女？"

我点了点头："是有点像。"

说着他凑到我耳朵边对我讲："不要告诉你嫂子，这是我花了两千块钱从别人手里买的。"

我把那块石头拿到手边，研究了一番，往上面吐了一口唾沫，然后用手指抠了抠浮在表面的土，掉色了……

即便如此，刀哥还是喜欢收藏石头。他老婆实在受不了他这一点，就趁他睡着把他的石头都扔进河里去了。从那之后，他便沉迷于用语言来形容石头的美妙，走到哪里就和我们讨论到哪里，好像我们真的乐意和他讨论那些天马行空的东西一样。不过刀哥确实能欣赏许多我们欣赏不来的东西，他像一个诗人，总是被一些神秘的事物所吸引。每年他总是第一个发现春天来的人，香椿街没有谁比他更懂得如何照顾花草。那些可爱、娇嫩的植物，在他的浇灌之下变得像小仙子一样。鬼怪精灵的故事，也没有谁比他知道得更多。

三辉叔建议他，把他那些奇奇怪怪的想法记录下来。一天，刀哥还真写了几首歌颂石头的诗，在我们当地的一家报纸上发表了。那报纸当天的标题我记得很清楚：《痴情许仙和他白娘子石头的爱情故事》。

我看到刀哥独自坐在王琪的烧烤摊边吃烧烤，便走过去问他："阿翔哥，怎么就你一个人？嫂子呢？"

他说："你嫂子走了。"

我说："走了就走了呗，你可以到来勇敢家的小屋和哥们儿在一起。"

他说："你懂什么！"

我说："实在不行，你也可以再找一个。"

他说："哪有这么容易，你知道娶一个媳妇多贵吗？"

我不再说话，走过去和他坐在一起喝汽水。

嫂子在的时候，刀哥每天都在网上研究各种石头，两个人没少为此打架。刀哥想了不下数十种办法对付她，并且下定决心，无论嫂子怎么闹，一定要把自己的爱好坚持到底。嫂子离开以后，不知道为什么，刀哥几乎毫不费力地就对石头失去了兴趣。

后来，他迷上了另外一种东西，叫作赌博。

骂骂咧咧

香椿街上的人有一个共同的酒友，就是开小食品批发店的李超建。

有一次他喝酒喝到胃出血，被人送到医院里抢救。醒来睁开眼睛，第一件事就是找他的酒瓶子。香椿街上有各式各样的酒鬼，有喝了酒表达能力急速上升的壮壮，有每天抿一两口享受式喝酒的三辉叔，有走到哪里都带着酒瓶的菜总，还有像李超建这样需要陪聊的酒鬼。他每天早晨一开门，打扫完门前的地，就坐在自己家柜台后面，往桌子上倒上一撮花生米，开始喝酒。他的颧骨高而红，眼睛极小，眉毛又粗又硬，皮肤像奶牛似的，一半白色一半咖啡色。每见到门前有路过的熟人，他就会从凳子上跳起来招呼他们：“来呀！进来喝两盅。”若是那人没有急事，就会坐在柜台外面的椅子上和他闲聊一会儿。

香椿街上每一户人家的店面都很符合自己的个性。李超建的批发部，就像他长的那样，东西摆放得杂乱无序。经济繁荣那会儿，大家有了闲钱，都把店面装修得焕然一新。亮晶晶的灯管，气派整洁的门牌，让人见了就觉得有希望。李超建的小批发店，十几年都没有换过柜台，柜台高处那些用品，因为长期没人整理，都挂上了蜘蛛网。墙壁也在那场水灾过后泡出了一层随时都会掉下来的墙皮。整个批发店只有一盏八十瓦的电灯泡，店的门脸破烂不堪。如果天黑的时候，你从外面往里面看，就会看见他独自坐在那儿对账本，四周一片黑暗，后背的灯那暗黄色的光投到他身上，使他像一位地狱使者一样。

我出生时已经是九十年代了，即便是已经过去了许多年，香椿老街附近的老人们每每回忆起从前的日子，还是会讲起几十年前困难时期的事。姥姥曾告诉我，凡是能从那个年代活下来的人，十有八九都是靠吃树皮。每次路过李超建的小食品批发店，姥姥都会指着他告诉我，看见那个人没？他不一样，他吃过人肉。

香椿街上的人，没什么不敢吃的。小学时，曾有一个流动马戏团来到香椿街表演。他们携着动物表演的时候，没有人去看。一天，马戏团里的一只老虎死了，街上全部的人都停下手中的活计凑过去看热闹。人们高高兴兴地把它抬出来煮了吃。后来那些吃了老虎肉的人，几乎嘴上都起了泡，说是上火。就是这样，菜总还是感到很遗憾，说自己没能赶上那口饭。

虽然不知道姥姥的话是真是假，但我每次路过李超建的小食品店都会加快步伐，尽量避免和那个人接触。我们从来不叫那个小店的名字，都叫它小黑屋。刀哥给那个小黑屋编排了各种故事，吓唬那些比我们小的孩子。有一个不知好歹的小孩跑去问他："你真的吃过人肉吗？"

他似乎丝毫不介意人们给他编排故事，笑了笑说："是的。"我们也弄不清他的话是真是假。

我们都对他心存疑虑，像他这样的人是怎么把生意做下来的。但是即便在经济萧条的那些年，他的生意也一直都很不错。三辉叔说那是因为他那里有别的地方买不到的东西。他代理了几个小作坊生产的零食，辣条、瓜子、海里蹦、猫耳朵……这些没有保质期的东西主要卖给小学生。每到食品局来检查的时候，菜总就会提前给他打电话，让他把东西运到别的地方藏起来。

李超建和他老婆娜娜是人们饭后闲聊的谈资。一天，我和阿凯从他们家门口走过，从里面扔出来一个只鞋。阿凯站在那里一动不动，我问他为什么不走了。阿凯说他在等另一只鞋也扔出来。我们俩相视一笑，知道准是两口子又吵架了。菜总说："要是有人长期站在他们家门口，他就什么也不用买了，站在门口捡就行。他们什么都能扔出来。"我妈十分不理解这种行为，两口子打架就打架，扔什么东西，太败家了。直到有一天她从烧毁我爸的香烟中获得了快感。

李超建和娜娜认识的时候，娜娜刚刚结婚。香椿街只有这么大，依着公路，横竖开辟了几条街，周边散落着十几个村落。大家到了一定年龄就会在附近由熟人介绍几个对象，看着差不多就结婚了。娜娜二十岁时由家里人介绍了一个对象，结了婚。结婚没有几天，突然遇见了李超建。爱情大概是叫人失去理智的东西吧。李超建比她大十几岁，但是读过大专，在那个年代也算是知识分子。

娜娜就被这个能说会道、戴着眼镜、文质彬彬的人给勾走了魂。香椿街的女人对于爱情是非常勇敢的，她想了一个办法把李超建勾引上床，转身离了婚，赖到他家里去了。当时李超建有一个对象，她硬生生地给人家骂走了。这大概是他俩结下的第一个梁子吧。当初她费尽心思想要嫁给李超建，不知道怎的，结了婚后他们反而看谁都不太顺眼。

李超建做事马虎大条，而娜娜则完全相反，是一个十分敏感的人，具体表现在她不能看到任何与疾病有关的字眼，否则她就会开始怀疑自己是否有类似的症状。她经常怀疑自己得了什么了不得的大病，完全忽略了自己多年没有去过医院这个事实。一有什么风吹草动，她就要搞点消炎药吃。有一次娜娜晚上看电视剧，连续熬了一个星期的夜，眼圈儿便开始发黑。作为一个十分注重身体的人，她不得不去医院看看，是否有什么比较科学的办法祛除黑眼圈。

可是等她回来的时候，却割了双眼皮。面对众人的议论，她解释道："你知道的，现在某些医院的医生面对那些实在没有什么病的人时，就会建议他们去整容。正如大家所见，我就是太健康了，才去想办法调整一下。"而实际上只是因为她耳根子软，受不了别人的任何推销。她家里摆满了各种用不着的鞋油，以及用十年也用不完的肥皂、毛巾、洗面奶……每当有人在街口看到娜娜因整容而肿胀的脸，说几句安慰话时，她都会建议对方也去割一个双眼皮。

他们已经结婚多年，差不多可以过成像邻居们那样对彼此爱搭不理的老夫妻，可是他们就连一天也没有消停过。我妈说，他们俩最大的矛盾出在怎么教育女儿上。李超建很佛系，他对女儿的成绩几乎不怎么过问，按照他的话说："我们那个年代为了出人头地受过的苦，不能再叫我女儿受一遍了。"娜娜很反感那套理论："不学习，难道就不用受苦了？"

他们的女儿长得很漂亮，却没有什么读书的天赋。这个女孩在刚上学的时候，就在数学方面展现出了超乎寻常的特质。老师们花了一个学期，只想让她明白6和9究竟谁是谁，可最终也没有成功。不过这并没有影响到娜娜的自信，她认为她把女儿教育得相当成功。为了培养女儿在数学方面的才华，她经常给女儿买糖吃，并试图通过"一共买了十颗糖，吃掉了四颗还剩几颗"这类问题，来提高女儿的数学能力。最后女儿的牙全蛀了虫。并且许多时候为了证明自己的教学方法颇有成效，她不得不亲自上阵，帮女儿写完那些作业。

前一段时间，我看到他们又因为女儿的事情闹了起来。娜娜在家里敲敲打打，从楼上往楼下扔东西，骂李超建让她有操不完的心。李超建呢，还是那样不理不睬，坐在他的摇摇椅上，眯着眼睛喝着茶，偶尔转过头回去在“你妈的”“奶奶个腿儿”中选取一个词骂回去。他之前是不会骂人的，这两个有限的词还是在他老婆骂他的时候学会的。

从他们俩无尽的争吵、激烈的辩论、科学的肢体运动和饱含热情的生命中，我都快忘记此时他们的女儿早就已经嫁到别人家去，用不着他们管了。

韩妮娜

似乎每条街上都有那么一位女人。

她们可能丧夫、丧子，也可能已经丧失了整个青春年华，独自居住在路边儿某一栋房子里，每日只在太阳快要下山的时候出来看看。韩妮娜就是这样，失去了孩子，丈夫因为贩卖黄色书刊被送进了监狱。在这之前，她在香椿街某个犄角旮旯的小饭馆里，租了一个单独的窗口，卖自己手擀的面条、面片儿、馒头。

她从来不用手摸钱，喜欢在小窗口旁放一个碗，让你把钱放进去。若是需要找零，她就会掏出一个医用的镊子，从围裙的口袋里夹出钱，然后用她那双流浪小动物般惊恐的双眼望着你，看你是怎样小心翼翼地伸出手，从那个沾满面粉的碗里把那几个零钱拿走的。她看着你的眼神足以让你清楚，你手中每一张面片儿都掺杂着她的汗水。但她轻易不会向任何人诉苦。不忙的时候，她会坐在椅子上刷刷手机、看看搞笑视频，偶尔发出一两声笑。到了天气最热的时候，她也会出来消遣，到那些办公大楼或者市场的某个楼梯拐弯处坐着，蹭空调。如果她的朋友中有人比她过得更苦、更累，她就会试图教他们一些人生哲理。

人们经常看到她站在马路交叉口，用一双沾满白面的手吆喝她的儿子回家写作业。孩子死去的当天，她就是这副样子，你分不清她哪根头发是白的、哪根是黑的，因为她满身、满头都是面粉。但是现在不了，她不再擀面条了。孩子是一瞬间就没了的，死前没有任何不舒服的征兆，人们说那是感染上了那种病毒。那个孩子走在马路上，忽然倒在地上拼命挣扎，一口气没有喘上来就死了。甚至就在他死前的半个小时，他还偷偷地溜进香椿街中心学校的操场，一个人打了半个小时篮球。没有人敢上去帮他，即便是那些在街上巡逻的人员，因为病毒的传播能力超乎想象。直到确认他已经死透了，无法把人抓伤，巡逻人员才赶过来把他抬到救护车上。

孩子染上了病，韩妮娜和她的丈夫却没有。复工后，她把孩子的资料装进塑料袋里，拎着去学校、居委会、政府、警察局等任何一处能让她诉苦的地方。可是没有人能给她一个说法。有好心人募集了一笔钱，捐给了她，叫她换个城市生活试试。可是她什么也不想要，只想要孩子。

去火葬场领骨灰那天，我们都去了。一路上她都在向我们哭诉，为什么死去的人不是她呢？她的孩子多么可爱啊，才七八岁。我妈看着她哭，自己也哭了，哭着哭着忽然转头对我说："有一天你就知道了，伤心也没有用，像这样的灾难，每过几十年就要发生一次。"公车外面飘着柳絮，目之所及，一片灰白，天阴得不像话。身体残缺的人在路边的枯枝堆里坐着，等着路人抛下的零钱。野郊四处是荒废的钢铁厂、建材厂、铁道，从车开走的角度往飞驰而过的道路望去，整个城市就像一个战后遗留的奇迹。

香椿街是个小地方，好控制，染上那种病的人并不多，反倒是有一些老人因为交通关卡，没有及时得到救助死去了。很难想象在那瘟疫疯狂蔓延的地方，情况是怎么样的。距离香椿街最近的一个火葬场，在城市的郊区，那个火葬场像二十世纪七八十年代的老厂房。在空荡荡的院子里，四处是烟灰和红色的爆竹。土黄色的墙，早已被前来祭拜的人烧成了灰黑色。一群小孩蹲在路旁，从那些放过的鞭炮里翻找着还未来得及爆炸的爆竹。妮娜朝他们看了一眼，多么新鲜、可爱，还不知道悲伤的生命。她又忍不住哭了起来，眼睛、鼻子、嘴巴全都挤在了一块儿。老天不会真的对她这么狠心吧！她又朝那些孩子看了一眼，企图从那些孩子中找出属于她的那个。她对着那些活着的孩子，喊着她儿子的名字。

听到她的声音，那些孩子像蝴蝶一样散开了。妮娜还是不死心，她追着其中一个和她儿子差不多身形的女孩跑了起来。那女孩似乎被她的呼唤声吓到了，跑了两三步跌倒了，爬起来又跑。她跑得越快，妮娜就越要追。那女孩看着那个臃肿的、浑身裹满面粉的女人，感觉她像是被鬼附了身似的，吓得哇哇叫。那女孩边哭边向门卫处跑去。

站在门口说闲话的男人是她的爷爷，那个男人从那些死去的人身上捞到不少好处。别看门卫室里破破烂烂的，却堆了不少东西。有人会在节日前来为家人奉上祭品，那些东西烧了也是白烧，他替他们全收了。他的脸庞很大，笑起来的时候会露出镶着银的白牙。他深信白酒能解决一切苦恼。世界上有一种人，在自己家乡老老实实，正派得像个君子，一旦上了火车到了别处，就忙着赌牌、偷盗。他就是那样的人，喜欢打听别人身上的不幸事，以此来确认自己的幸运。他边笑边露出一嘴的银牙，满不在乎地大声嚷嚷：“老天让你死，你就得死。老天若想留你，别管什么细菌啦、疾病啦……”

从火葬场回来，韩妮娜就不做卖面皮儿的生意了，因为租不起门面。疫情过后，经济一片萧条，许多生意人都租不起房子了。她待在家里，打算再怀一个孩子。老公想出去挣点钱，可那段时间什么生意都不景气，他到广州给人盖房子。干了三个月，包工头跑了，没有留下一分钱。他想了一个特殊的门道，借钱从广州运一些黄色书刊回来卖，结果被抓了。她又找人搭了一些钱进去，丈夫也没有回来。

韩妮娜只得再出来做工挣钱，替她老公还债。那段时间，所有的事情好像都陷入了一种紧张的氛围中。大家都窘迫极了，甚至有年轻的父母因为养不起孩子，把他们遗弃在马路边。我们每天都在为生活担忧，不知人类的未来将走向何处。在病毒离开这儿的许多日子里，人们出门依然戴着口罩，随身携带着消毒喷雾，走到哪里喷到哪里。情侣在网上直播结婚，亲人不能相聚，朋友在街上碰面也不敢互相打招呼，失去至亲的人在家中痛哭。

直到来年春天，这种情形才有所缓解。和煦的春风似乎给了每一种生物焕然新生的力量，香椿树湿黑的枝干上，抽出了新鲜嫩绿的芽儿，仿佛长了满树嫩绿的舌头。人们纷纷从家中出来，走到乡野中采食它们。到了夏天的时候，大家又可以坐在茂密的香樟树下喝茶、聊天了。

一天，我看见韩妮娜跑到我小姨那里，想和香椿街上的女人们聊聊天，不由得替她开心了几天。这是从疫情以来，我第一次看见她主动和人社交。她穿着一件灰色的衣服，可能是感觉没有小姨她们穿得时髦，就又回家换了一件鲜艳的衣服，不过样式依然老旧。她开口想和那些女人聊家长里短，却发现自己家里没有事可聊。于是她又向她们发出邀请："要不要打麻将？"那些女人，都是精明的人，知道她输不起便没有接话。不过为了不让她尴尬，她们邀请她去香樟树下喝茶。我远远地看着她，她似乎聊得很开心。

她和爱安慰人的王琪交上了朋友。瞧她们手挽着手像一对亲姐妹似的，如果不是亲眼所见，谁也不会相信过去她俩因为一两角钱的事情打过架。我们都为这一对苦难的姐妹儿开心。之后我们经常看到王琪带着自己做的熟食给韩妮娜送过去。韩妮娜会回赠她一些青菜。在韩妮娜缺钱的时候，王琪借给了她一笔。王琪很爱跟我们聊这件事，那阵子我们去她的烧烤摊吃东西，她总是对我们说："人生在世，谁家不遇到点儿难事儿呢？咱能帮衬点就帮衬点。"她还和我们讲了许多别的道理，当她讲到人生、生命、爱的时候，我们都很惊讶，听那话好像是个大学教授说的似的。她劝韩妮娜打扮打扮，给自己买几件新衣服，人生在世应该多享受。

自那之后，韩妮娜变得更勤劳了，为了还上王琪借给她的买化妆品和衣服的钱。她开始去超市当服务员，每个月只有几百块钱的工资。早晨五点钟起床做饭，六点去超市打扫，下午两点下班回家给地里的菜浇点水。王琪没有催她还过钱，但是每次我们在街上遇见她，韩妮娜都会红着脸低声对她说："你放心，我一定一定攒够钱还你，不会辜负你的信任。”不过我们都知道，她一时半会儿还不上。她为了还那笔钱下足了功夫。可是哪里都挤不出多余的部分，水电费、食品、柴米油盐，还有每次要支付给父母养老的费用。她好不容易攒足了一笔钱，去一次医院又全部花光了。

有好几次，我看见她在香椿街上踟蹰，她想要去找王琪，又害怕见了她别扭。你看她那副表情，就好像在跟自己赌气似的。她准在心里下过一百次的决心，想尽办法也要把钱还上，以免辜负了朋友的信任。她到我家里问我妈，有没有用不着的罐头盒子给她当储蓄罐，她想一块钱一块钱地攒，最后一次性拿给王琪，以向她表示还钱的决心。我把装弹珠的铁罐子给她了，她抱着那个罐头，开心极了，好像拥有了那个铁罐子就能马上还上那笔钱似的。

可是她确实一点也攒不下来，每一分钱都花得正正好，多一分都不剩。不管是王琪这笔钱，还是丈夫欠的那笔，她都无法补上。后来她决定躲起来，不攒够那笔钱绝对不去见王琪了。这件事情也早已不再只是钱的事儿。韩妮娜越躲起来，王琪就越对她产生怀疑。最后王琪完全推翻了自己那一套关于爱和信仰的理论，再也不提了，每次见到我们就骂那个女人。

又过了一阵子，人们看见韩妮娜好像欢乐了一些，她不再那么失魂落魄。她把家里的粉色床单扯下来，挂在门口的香樟树上，引得一些男人纷纷跑到她家里去。可是那些男人大多也付不起钱，所有的人都透露着一种劫后余生的疲惫。他们能做到的事儿就是轮着班替她去耕地。到了秋收的时候，地里就有一群撅着屁股替她干活以偿还嫖资的男人。街上的人还编排了许多关于她的民间小调。

她从我家门口走过，我妈叫住她，想给她拿几块刚炸好的油饼。她站在门口，不敢进来，我妈说："妮娜，进来嘛！进来喝两口茶。"她这才怯生生地走进来，仿佛从没来过似的。我妈把她拉到屋子里跟她说了会儿悄悄话，我躲在门后面听见我妈劝她："你这又是何必呢？"

我看到一颗流星从她的眼眶里一闪而过，她掉下了一颗珍珠似的泪珠轻声地说：“你不懂，我只是想要个孩子，才不管那是谁的。”

三个男人的妻子

布拉三岁的时候，她的妈妈抱着她，找了一个养着一群山羊的巫婆算命。那女人用一碗清水，算出了布拉的命运。她对布拉的妈妈说："你的女儿，将成为三个男人的妻子。"

由于对女儿不幸婚姻的恐惧，妈妈大部分时间都把布拉关在家里。这一为了避免不幸的举动，加速了不幸的降临。随着年龄的增长，布拉开始对外面的世界越发好奇。布拉知道自己如果总是待在家里，等待她的命运就会是相亲，然后随便找一个男人嫁了。但是布拉渴望爱情，于是在十八岁成人之后，她偷偷地爬墙出去，到外面找工作、生活。结果被路边的人骗去，卖到某个偏僻的小乡村里，给娶不起老婆的三个兄弟当共同的妻子。

这三兄弟是在香椿街卖豆腐的。香椿街的南边儿有一个村子，村里的老一辈人重男轻女，村子里小一辈的人中就没有什么女孩，许多男人的老婆是从外面花钱买来的。有的兄弟几个人才娶一个老婆，这一个女人就可以有好几个丈夫。当然这一个男人，也可以有好几个老婆。不过这已经是很久以前的事情了。

这三兄弟每天起早做豆腐、卖豆腐，兄弟三人每人负责一个方向。老大骑车到香椿街南边儿的村落卖豆腐，老二骑车到西边儿的村落卖豆腐，老三骑车到东边儿的村落卖豆腐。布拉的到来，改变了三兄弟的生活。他们兄弟三人，不再分头骑车卖豆腐，而是在香椿街支了一个固定的摊位。一个人在家负责照顾布拉，带孩子、做饭、洗衣服。一个人负责外出卖豆腐挣钱。一个人负责为布拉去河边钓鱼、去森林里捕猎，因为她喜欢吃野味。

布拉给每个人当一个月的老婆，一圈轮完就是一个季节。布拉的生活被照顾得井井有条，三兄弟不像村子里别的男人害怕老婆逃跑，总是想办法拴住她们。她把同老大、老二、老三相处的时光，当作对爱情的考验和练习。虽然已经是三个男人的妻子，她的心中依然期盼着爱情。

布拉知道老大爱她，是因为他没有其他女人可以爱。老三爱她是因为他爱任何女人。只有老二，她不清楚他为何爱她或者他究竟有没有爱过她。在这三个人中老大最疼她，他总是会给她准备一些意外的惊喜，并且也是这三个人当中最帅的那个。他对待她像对待初恋一样，时不时会从外面采一些野花回来，给她布置房间。老三则像她的闺密，陪她一起做刺绣、浇花、做饭，听她的烦心事。

老二是这三个男人中最不细心的，她讨厌他做爱的时候动作粗鲁，身上的汗味也令人难受。人过了四十岁，还一股子少年气，他任性且招摇，身上一有点儿钱就飘了。已经有了她，还在大街上对其他女人吹口哨。有一次她甚至发现他偷拿她的首饰，送给街上那个从前卖馒头的妓女。香椿街几乎每一次打群架都少不了他，并且每次受了伤，明明很痛却总是一脸不屑，让她和老大、老三替他担心。

布拉给这三兄弟生了两个娃娃，一个男娃娃，一个女娃娃。在女娃娃长到八岁的时候，布拉的哥哥找到了这里，把她带了回去。哥哥埋怨这三兄弟，把布拉养得太胖了。布拉离开的时候，还是个苗条的少女，回来的时候已经长了白发。妈妈心疼布拉，不想让她再回到那个穷乡僻壤。她给女儿买了钢琴和舞蹈鞋，像布拉十八岁时那样给她打扮。

布拉想念她的三个丈夫，总是在半夜偷偷给他们打电话，问问家里的羊、家里的鸡过得怎么样。妈妈不许她再和那一家人有联系，妈妈看着她，给她报了健身班让她减肥，带她去美容院做美容，希望她能回到文明的城市里，再结一次婚、嫁一个好人。妈妈给布拉安排了一次相亲，对方在铁路局工作。她离开妈妈太久了，妈妈的头发已经全白了，她不忍让她再伤心，可她又不喜欢那个在铁路局工作的男人。

布拉在妈妈的家里待了三个月，消瘦了不少，妈妈以为这是减肥健身的效果，而实际上这是由于女儿失恋，在夜里流了太多眼泪。布拉觉得自己的伤心就像风吹动沙漠里的沙，仅仅是把沙子从一个地方搬运到另一个地方，悲伤的总量还是那么多，思念常常让她透不过气来。她常常整天坐在房间里发呆，仅通过光照在墙壁上的亮度来判断时间。

曾经，她也期盼着能再回到这个家里，过富裕的日子，可是当她回到这里，却发现自己早已回不去了。她不喜欢住在有电梯的房子里，也不习惯夜晚窗外的车流声，她喜欢听夏夜的蝉鸣和蛙叫。布拉坐在床头向预言她命运的巫婆许愿，求她让她在乡野之中度过晚年。在妈妈的家里，她唯一的乐趣就是刷鞋。只有鞋子不曾阻碍她，指挥她的生活，最重要的是无论什么样肮脏的鞋子，到了她的手里都会变得洁白。她是它们唯一真实不虚的拯救者。

也是在这时，她第一次意识到原来她早已体验过爱情。猛然间的离别，让她发现在这三个男人中，她真正爱的人是老二。她在夜里独自落泪，幻想着，没有她的生活，他该是怎样地无助。她想到他们一起做凉粉卖钱，他卖完一盆凉粉就想偷懒回家睡觉，她一直劝着他要坚持卖完剩下的。她想到他夏天溜到别人家的池塘里偷鱼给她吃。她想到他半夜趁着她睡着，偷她的钱拿去打了一整夜的牌，清晨的时候蹑手蹑脚地钻进被窝，假装自己睡了一整夜，还有模有样地打起了呼噜。而那一夜从他离开被窝的一瞬间她就醒了，她默数着他离开她的四个小时二十七分钟，并窃喜地瞒下了这件事情，作为在这个大家庭中他们两个人独有的秘密。

她弄不清楚，在她离开的这些日子里，他有没有去找其他的女人。她无法确定他是否也有着同样的心意默默地爱着她。她给他打电话，让他来接她。他还是像从前一样，做事情不经大脑思考，莽莽撞撞地来到她家楼下，说着一些任性又不讲理的话，被哥哥轰走了。这一次她还是决定要自己行动，就像那个夜晚一样，她不想被拴在家里，她想到外面的世界寻求自己的爱情。她暗自等待着，耐心地一点点收集着逃跑需要用的钱。因为没有独自出门的机会，她往家里人的食物里下安眠药。当所有人都沉睡之时，她坐在月光下的地板上为他们祈祷，随后就奔向大门翻出院墙。正如同二十年前那个夜晚一样，奔向同一个地点。只是这次，她是想回到那里确证自己的爱。

当她骑上被蔷薇花覆盖的院墙时，她再一次回望了她出生的这个地方。这危险、急迫又颤抖的心情叫人激动到窒息，也是在这时她才明白，原来这么多年，命运没有捉弄她。她一直身处爱情中而不自知，一个真正想要获得爱情的女人就一定会拥有爱情。

银梦

香椿街上有个女人做了一个梦。

这个女人家住在香椿街邮政银行后面，我和她是小学同学。她的名字我记不太清楚了，可能是王紫鹃、王牡丹之类的。香椿街上的人取名字很随意，大家可能出门看见一束花开得挺好看的，就把这朵花的名字安在人身上了。

她的妈妈在邮政储蓄银行上班，父亲是个修理工。她的父亲有一年外出，被电死了。她和妈妈、弟弟、姥爷、姥姥生活在邮政储蓄银行后面的家属院里。那个邮政储蓄银行，有三间门面，两间用来收银，一间是邮政快递，银行对面就是香椿街胡医生的诊所。穿过邮政银行的家属院，往北走就是我们读的香椿中心小学。她的姥爷在学校门口摆摊卖文具，补贴家用，可能是因为有些木讷，生意冷清。从前每个周五，学校会让我们练习字帖，我妈总是让我从那个女孩那里买字帖，因为熟悉去过几次她们家。邮政银行的家属院是一圈二十世纪七八十年代的老楼，她家在二楼上了楼梯的一处拐角。两间房子，进了门就是卧室，姥爷用塑料纸封住楼道的一角当厨房。

说到这个梦的时候，她已经出来工作，赚钱养家了。有一天，她梦见自己又回到了香椿街的邮政银行。但不是在她那个小家里，而是邮政银行的地下储藏室。她梦见自己似乎是被人绑架了，被困在那间储藏室。当时的银行都有那么一间房子，储藏着这里全部人家里的财富。那间放着钱的储藏室，有一排排样式古旧的保险箱，保险箱大概有半个人高，底部用电焊牢牢地焊在地上，以防被人拖走。保险箱的对面是一排信封箱一样的铁皮保险柜，用来储藏一些私人的珍藏。房间有一些古旧，因为在地下，常年有股霉味儿，墙壁发黄，如果细细看还能看到墙壁之间的裂纹。

梦里的她正在睡觉，醒来便发现自己躺在银行储藏室的地板上。双脚朝着大门的方向，斜靠在保险柜边上。她感到疑惑又非常紧张，自己怎么在这里呢？她环顾四周，想找一块铁片、锤子或者别的什么工具，可以让她从密室里逃脱出来。

她穿过这一排一排保险柜，在这间三十平方米不到的房间里转来转去，除了一把清洁工落在这里的扫帚什么都没有。想到这儿，她不禁害怕了起来。难道是谁想把她囚禁在这里？

正在这时，外面传来一阵嘈杂声。那声音断断续续，就好像在一个底层旅馆，听到隔壁的人洗澡所发出的声响。她趴在墙壁上仔细听了一会儿，有脚步来回走动的声音，这脚步声使她害怕极了。如果外面来的人发现自己在银行的地下室，会不会被怀疑为小偷呢？她必须想一个办法赶紧逃出去。可是眼前并没有可以逃出去的办法，她决定躲在一排保险柜后面，屏住呼吸，看看接下来会发生什么。但过了好一会儿，那个声音也没有朝她靠近一步，这时她才想起来通向这个储藏室的地方有一个洗手间，那个人是在打扫。

她松了一口气，瘫坐在地上，忽而感到腹部一阵绞痛。除了身体的疼痛，那股紧张的情绪也从梦外传到了梦里。她躲在没有一张是自己的钱的钱堆里，时刻担心着有什么不测。

电影有太多诸如此类的绑架、杀人的场景，她被自己的想象吓坏了，生怕有什么怪物从那扇门外走进来。她坐在那里不停地祈祷，并开始回忆自己有没有得罪过什么不该得罪的人，或者做过什么错事。她在超市工作的时候，偷吃过她买不起的零食。在奶茶店的时候，偷偷往顾客的茶里吐过口水……她联想了一阵发现并没有什么致命的错误。“我从没有害过谁啊！”她在心里默默安慰着自己。

背靠在保险柜上，她感到一阵阴森森的凉气。这让她回想起有一年她去舅舅家做客。当时舅舅在做批发鸡蛋的生意。为了凉快，她经常一个人在夏天的傍晚，在放满鸡蛋的仓库里铺一张凉席，头靠着窗户，双脚朝着大门吹风。一天，她正躺在床上午睡，突然感到背后一阵阴冷，她回头看了一下，正好与一条前来偷鸡蛋吃的蛇对视上。以后每当遇见这样阴冷的日子，她就会回想起那条蛇凌厉、诡异的双眼。那条蛇的眼睛就好像黑洞般，让她的童年所有的快乐都在贫穷的阴影下隐隐作痛。

在这样的时刻，外面突然传来一阵脚步声。她继续蜷缩在那个角落里，心脏扑通扑通地跳，下意识地搂紧刚找到的扫帚。脚步一点一点逼近了，黑暗像雨一样洒在人身上，让她心里黏糊糊的。那个脚步声，不是皮鞋发出的，更像是她丈夫穿的跑步鞋一样，发出的声音很轻很软。那个脚步声在门口停顿了一下，随即就把门锁撬开，进来了一个黑衣男人，戴着一个黑色的口罩，看不清长相。

那个人似乎知道这儿有一个人似的，进来便开始寻找她。他拐过一排保险柜，就像是冬天随着日落而逐渐拉长的树影一样，一点点向她靠近。就在他快靠近她的时候，她挪动身体来到柜子的斜侧面，不巧被他看见了。因为害怕到了极限，她决定站起来反抗。她拿起扫帚就要抽他，抽了他两下，扭头就跑进另一排柜子后面。那个男子像影子一样跟了过来，拽住她的衣服，她开始大喊。她拼命地拽着那个男人的胳膊，他的胳膊就像面条似的，一拉就垂得老长。

这时，梦里的她突然意识到自己似乎也做过类似的梦。有一天夜里，家里就她一个人，入睡后没多久，她就梦见有个男人要强暴她。那个男人很有力气，全身的皮肤都是黑色的，压得她喘不过气来。她在梦里大吼大叫："妈妈！妈妈！"可无论怎么用力，也吼不出一句话来。

现在就是那个样子，眼看着在这个梦中，那个男人又要扑向自己了。那个男人该不会是要强暴她吧？这样的想法让她绝望极了。她越是拼命地挣脱他，他越使劲儿。她想大吼大叫，嘴里却说不出来话。他从后面怀抱住她的身体，捂住她的嘴巴。这时她突然感到那个男人浑身散发着一种熟悉的气息，似乎是她认识的人。正在这时那个男人附在她耳边说："不要乱吼乱叫，是我！"说着那个男人把他的口罩摘了下来，她看了他一眼一下子怔住了。那不是她的弟弟吗？！那个男人摘下口罩，往地上一扔，生气起来："你不是老跟我说要来抢银行吗？"

随即她哭了起来，这才发现她身上的装束，和弟弟的一模一样。黑色的鞋子、黑衣服、戴着一个黑口罩，他们是一伙的！只是她先进来了，因为等待的时间太长，自己被吓得晕了过去。这时她才猛然意识到，她原来也是来抢银行的！

寻找幽灵船

有一艘船在大海上消失了。

这样的事情既不少见也不常见。这艘船大概是三月从东南沿海的某个港口出发，沿着南海穿过马六甲海峡到印度洋，再顺着季风洋流，一直到想去的任何一处非洲海岸。这艘船在起航一个星期后与大陆断了联系，随即在地球上消失了。沟通员还记得他最后一次跟船上的人联系所谈论的内容："番茄炒鸡蛋应该先炒鸡蛋还是番茄？"

海运公司紧急联系了周边几个国家，希望他们用卫星搜寻可疑船只。军方的雷达称搜寻到疑似的船只，偏离了原来的航道进入了太平洋。又有居民称曾见过这艘船驶入越南的港口。媒体给这艘消失的船起了一个好听的名字：幽灵船。出事后的一个星期后，海运公司成立了紧急调查小组来调查这件事情，赵寅生这时才得知儿子不见了。

香椿街上的人都把出去当兵、当海员看作一件光荣的事情。因为这意味着他们的人生可能会和我们的有所不同。至今我仍能记起赵寅生把儿子送去当海员时骄傲的表情，他摆了宴席、请了戏班子，邀请我们过去吃饭。我们这里大部分的人是没有见过大海的，甚至也从未离开过家乡。香椿街上的人都很念旧，他们喜欢出生在一栋房子里，长大在一栋房子里，如果中途这栋房子破了旧了，他们就会高高兴兴地把它拆掉，在原来的地址再盖一栋新的。

事情发生后的两周，遇难者的家属自发地组成了一个团体，赵寅生在其中担任团长。他们每个星期要聚一次会，一起祈祷、祝愿，相互安慰、分享信息，并要求海运集团承担其应尽的责任。海运公司开始在网上公开悬赏能提供信息的人。他们在电视上说："不放过任何一个线索来拯救我们的同胞。"居民们对这艘无故消失的船发挥了无尽的想象力，有人说那艘船已经被外星人劫走了，有人说是遇见了海盗。为了拯救那艘船上的几百名船员，人们选择的办法是——往大海里源源不断地投漂流瓶。

两个月后，他们对海运集团彻底失去了信心，决定自发寻找。有一个网红在斯里兰卡的海滩附近发现了一块可疑的船只残骸。赵寅生飞过去看了一下，不是。之后又有一对夫妻去毛里求斯旅行，在那附近发现了一块可疑的残骸。赵寅生又飞过去确认了一次，在这两次飞行之前他都没有出过省。因为一无所获，我们跑过去安慰他，他比我们还要坚强。"没有找到，那就证明还活着"，他安慰我们。有时天黑了，赵寅生会来找我爸喝酒。他每次只感慨一件事情："那孩子那么聪明，要是在他小时候我没有出门打工，每天在家里看着他学习，他考上大学，不必出海，就不会遇见这样的事情了。”

三个月后，他意识到寻找孩子，寻找真爱、真相，将成为他余生中最重要的事情。如果儿子活着，哪怕踏遍五大洲、四大洋，他也要找到他；如果死了，他也要把尸骨送回故乡。叹息之后，他决定要重新起航。他开始让我帮他从网上购买关于船舶制造、季风洋流的书籍，他想找到船只消失的具体原因。除了工作，余下的时间他都待在家里阅读、搜集任何一点可能让他找到儿子的信息。到了夏天的时候，他已经对世界的季风洋流以及印度洋沿岸的城市港口倒背如流。他会随身携带一个记事本，上面写着香椿街上捐钱给他找儿子的人的名单。一年后，他成了香椿街去过世界上最多国家的人，在寻找那艘船的过程中，他顺便学了几门外语、探入了一个原始森林。

后来，有人在海边发现了一块船的残骸。这块残骸上的编号和生产日期唯一的用处，就是当自己不幸身亡之时，解释清楚自身的来历。经过一系列的鉴定，专家们认为这就是那艘消失的船的残骸。最后一丝他们仍在大海上漂泊的希望也断了，海运公司长松了一口气。对于他们而言，这件事情就算结束了，剩下的任务应该是向保险公司申请索赔了。

但为了平息家属的怨气，他们还是给出了一份官方的信。这封信长达一千多页，其中有九百九十九页毫无价值，它们存在的意义仅仅是为了衬托出最后一页上面的那句话："对不起！"赵寅生把道歉信的这九百九十九页内容，当成了故事书读。里面尽可能详细地描写了关于船只失踪的各种推测，比如是不是恐怖组织所为。他们首先用了一百页来介绍这艘船优越的性能，用了一百页介绍航行路上的美丽风景，用了一百页介绍这艘船上船员的各种爱好，用了一百页在自家门口的海域进行水下测绘，用了一百页调查船长的生平、资历，以及有关于他不是精神病患者的证据……一直到最后他们才得出了一个结论：我们无法搞清楚这艘船消失的真正原因。

在海运公司调查的过程中，沿海的各个国家政要也没有闲着。他们突然发现这艘船的失踪是一个好机会，纷纷派出自己的军舰对别的国家的海域进行摸底。这场搜寻变成了一场各国海军势力的角逐。由于实在要给这些军事演习找点借口，他们利用卫星给所有在大海上漂浮着的白色漂浮物进行定位，捡了捡印度洋上的垃圾就回来了。

保险公司给遇难者的家属赔了不少钱，寻找幽灵船的家属团很快解散了，原本几百个人的团队，只剩下了几十个人。两年后，只剩下了几个人。但是赵寅生始终没有在放弃追责的一纸协议上签字。他把儿子的名字文在身上，并认为只要不签字，儿子就一直活着。他把家里的房子卖掉，决定自己每年夏天都去一趟印度洋寻找。

我上一次见他，是在去年年底。我从外地回到香椿街过年。赵寅生还是那样，住在香椿街同外界相连的交叉路口，希望有一天从路口经过的车辆，有一个下来的人是他儿子。那天晚上下了好大的雪，整个香椿街好似沉落海底的船只。汽车、房顶、街道、树枝……全都铺了一层厚厚的雪，天空高远沉静，泛着淡蓝色的光，白雪在路灯的照耀下闪闪发亮，就像走进了一个童话世界。香椿街地方很小，人们像是定时放风的奶牛，每天早晨八九点出门，晚上五六点回家。我站在街口独自享受宁静的夜晚，看着从天上一片片飘落下来的雪花，直到雪水浸湿了我的衣服。

在房子与房子之间的停车道上，我遇见了赵寅生。那时他正在做饭，在停靠在路边一辆没有轮子的三轮车里做饭。之前他在路口搭建了一个铁皮房，因为违建被拆了。拆了之后他决定住在三轮车里。那辆三轮车，就是你能想象到的最小的那种三轮车，里面窄到不足一米宽，外面用自制的白色铁皮包裹着。车里堆满了过冬用的蔬菜、食用油、煤气罐。你能想象到的任何厨房用具，他都有，不过是迷你版的。三轮车上覆盖着白雪，小蜗牛似的趴在雪夜里。他在路边用三角板支了一个可收缩的摊子，把他的小菜板、煤气罐、饮用水全搬了出来。在零下十摄氏度的寒夜里，炒一盘醋熘土豆丝。当你看到他的一瞬间，不会感觉他像是在为自己准备晚餐，而像是艺术家正扬扬得意地欣赏着自己的作品。曾经的苦难，如今已然变成了享受，他似乎很满意自己现在的生活。

我走上前去和他打了一声招呼："赵伯伯，你还在等吗？"

他已经坦然地接受了一切，对我笑了一笑说："等着呢！"

因为没有地方住，他买了另一辆二手电动三轮车，把前后排的座椅都拆掉，铺了一层小毯子。由于里面空间局促，没有地方施展他的长手长脚，他学会了驯化自己，让自己像个蜗牛一样，手脚蜷缩地抱在一起，躺在那一块地板砖大小的三轮车里睡觉。如果你从透过车窗外晶莹剔透的雪花往里面看，你会觉得那不像是人的身体，而像是被卡在某个地方的螺丝钉。

他像一架一直徘徊在印度洋上空想要落地的飞机一样，就这样徘徊了多年。当我遇见他时，他已经在那个三轮车上生活了好多个春秋。在那之前他的状况可能更糟，就像那些睡在冰冷又潮湿的地下通道里的人一样，需要随时提防着被赶走。没有人知道他是怎么挨过那些寒冷的时日的，在零下十几摄氏度的寒夜里，没有暖气又居住在薄铁皮的车里。月光像跳舞的白精灵一样，照在人身上就自动为这个人结上一层冰。

从寻找那艘船开始，他已经变成了那艘船的一部分。经过岁月的洗刷，原本的家属调查团只剩下了他一个人，海运公司也破产了。香椿街经历了洪灾、旱灾、瘟疫，人们早已忘记了那艘幽灵船以及同他相关的故事。有时我从赵寅生身边路过，都会生出疑心："在十几年前，真的有那么一艘船在大海上消失了吗？"我开始怀疑整件事情的真伪，有谁能证明赵寅生的儿子真的来到过这个世界呢？似乎也没有人。我问阿凯是否记得赵寅生曾经有个儿子。他的答案令我吃惊："有过吗？我怎么不记得了？"

分家

一个秋天，阿凯家分家了。

爸爸分给他的是三千块钱的债务。

那一年他十二岁，我们都在读小学。

那笔钱是阿凯的爸爸为了给他两个哥哥讨老婆欠的。阿凯的爸爸给他分了一间小房子，对他说了一句“我实在没有能力养活这么多人了”，就把他和妹妹从家里赶了出来。那间小房子在香椿街后面的树林子里。那间小房子原本是养羊用的，现在留给他和妹妹小梅。阿凯在那边开辟了一片小菜地，又养了许多小羊，供他和妹妹生活，爸爸偶尔会来给他们兄妹送点米面。学校里免了他的学杂费，偶尔给他发一些奖学金，仍不够他和妹妹使用。到了冬天，阿凯没有毛衣穿，上身只穿一件皮袄，上面的纽扣缝得歪歪扭扭，就像我写的字。有一条黑线，从他的脖子一直延伸到肚脐眼，那是寒风吹的。同学们给他起了个外号，叫肚子疼，因为他经常冻得肚子疼。

十五岁时，阿凯就不上学了，在香椿街学木匠活养活妹妹。生活把他磨炼得极其壮，而且非常能吃。有一次我和他去香椿街馍店买馍，老板跟他打上了赌。老板用一个长凳子，从东到西摆满了馒头。只要他能吃完，就不要钱。那个老板断定他不可能吃完，但是他吃完了。又有一次，从外乡来了一个做生意的人，可能是想树立自己的威信，他问谁是香椿街最有力气的人。我们的目光一齐看向了阿凯。那时候香椿街的人家里都有几分地，到了收麦子的季节用联合收割机把麦子收到麦场，牵着牛用大石磙压。外地人和阿凯约到麦场打架，赌资是一个全新的石磙。比赛还没有开始，阿凯就像抱起一只母鸡似的，抱起那个几百斤的大石磙，朝外地人砸了过去。那人还没有开始迎战，就被吓跑了。

我们骄傲极了，带着他去王琪家的烧烤摊庆祝。可三辉叔说："你们那样会把他宠坏的。"三辉叔那样说，是因为阿凯做什么事情都没有耐性。他在香椿街学做木匠，干了不到两个月就不干了。有人看他力气大，推荐他去卸水泥，可是他早晨起不来。瓦房中学的校长看他可怜，叫他去学校当保安，结果他打了学生被开除了。到了冬天，没有菜吃，阿凯给自己想了一个办法。他用一个大石磙压住我们的井水，谁能抱动谁就能喝水。抱不动的就只能给他辛苦费，才能喝到水。最后没有办法了，三辉叔叫街上的人一起凑钱给他过冬。

阿凯十分疼他的妹妹小梅。过年杀猪，我妈总会叫我给阿凯送过去一块。他会从地里拔些白菜炖了吃，但是他只吃白菜，肉全部留给小梅。这就是为什么小梅会成为这条街上最胖的女孩。阿凯很早就不读书了，但是对于妹妹小梅的学业特别上心。他时常对我和阿翔说：

“我自己不上学是为了挣钱给妹妹读书。”而我和阿翔都知道，一直到中学毕业为止，他也没能搞清楚英语字母到底是二十四个还是二十六个。

不过为了力证自己还是个好学的人，阿凯给自己买了一个随身听，每天摇头晃脑地听新闻。我现在闭上眼，还能想起阿凯的口气：“咱虽然出生在这乡土旮旯，但也不是一无所知。”他经常对着家里的那群小羊羔谈论国家大事，什么巴以问题、黑人问题……听那种口气就好像他明天要代表国家去联合国发表演讲了。

有一阵子，我们以为他开悟了，明白我们不喜欢听他谈论那些事情，便不再听那种新闻。谁知道那场瘟疫过去后，他迷恋上了看保健品广告。这件事情可就让人意外了，要说那些老年人痴迷于保健品也就算了，结实得像一头小牛犊的阿凯也迷恋上了。我妈说：“无论年老还是年轻，人们对于生命的流逝是有同等的忧虑的。”

他迷恋也就算了，竟然真的打算去买一些回来尝尝。一百九十八元，买三盒送一盒。七盒一个疗程，够吃一个礼拜。我不明白，有那么多钱干什么不好，便问阿凯：“那些保健品真能保健吗？”

他像背台词一样对我说：“能抑菌、消炎、止血、止痛、止痒、细胞修复、胃痛……壮阳。”

我说：“那就是什么用处都没有咯？”

阿凯生气了，说：“怎么会没有用？！人家电视上都说了，还能有假？！”

这是他第一次上电视的当。那些保健品买回来之后，只有一个功能，可以帮助腹泻。偶尔我爸便秘，会问他要上几颗。后来有一次一个温州来的开发商，在我们市的电视台推销房产。交两千元钱，一年之后可以认购两万元，自己不买房的可以卖给别人。广告宣传得十分到位，香椿街有不少人都交了钱。一时间，街边、路灯上的广告牌都写满了这样的话：

只需两千块

城里安个家

那一阵子，他刚好在学校当门卫，靠勒索学生存了一些钱。他带我到市区看过那些房子，当时那里几乎还是一片平地，被他们用印满高楼大厦的广告牌圈住。广告牌后面有几个正在建的小楼，建那些房子的钢筋比婴儿的小手指还细。正经盖好的房子，只有售楼处的那个样板房。样板房装修得十分豪华，房子中间安放着一排用大玻璃罩着的精致楼房模型。一个空姐模样的售楼小姐向我们介绍："这里将来会成为城市中心。"

到了第二年，开发房产的人跑了。人们发了疯似的涌进售楼处闹，还打伤了一个无关紧要的路人。有一些认购了五六处房产的人，得到了一些补偿。"上面的人"协调了一处烂尾楼赔给了他们，那处房子一到雨天就漏水，连楼梯都建造得歪歪斜斜。但是要说它有没有什么"优点"，也不是没有。它最大的"好处"就是甲醛比较多，可以加速人体的衰老，以体验生命之珍贵。

阿凯的钱打了水漂，从此再也不相信电视节目了。

那会儿互联网正兴起，香椿街上的每个人都忙着加对方的QQ号，阿凯说："真搞不懂，这些每天都见面的人加什么QQ号，就好像真的用得着似的。"于是阿凯给自己在网上找了一个女朋友。虽然他们在网上已经私订终身，但是私底下阿凯并未想过要同她见面。那段时间，我们要是想见阿凯都得去网吧。

后来有一天，阿凯突然消失了，等我们意识到的时候都已经过去了几个月。人人都知道待在香椿街挣不着钱，便开始有传闻说他去了上海、广州。也有传闻说他被骗去搞传销了，刀哥说："不可能的！要是由着阿凯，他能把传销组织吃垮。"后来得知，是小梅想去瓦房中学读书，阿凯跟亲戚去浙江的一个小饰品加工厂打工挣钱了。我想象着阿凯歪着憨憨的脑袋，用粗壮的手指捏着几只小巧耳坠的场景，感觉有点不可思议。三辉叔感慨："阿凯的青春期过去了，他知道努力挣钱了。"

阿凯外出期间，别的孩子们抢占了我们的篮球板。我的脸上冒起了痘痘，我妈也不再拿着擀面杖追着我打了，夏天开始变得无聊起来。至于他的女朋友，因为后来阿凯没有钱给她充会员，就分手了。小梅很争气，她认认真真、刻苦地学习了十二年，最后靠摇骰子蒙对了最关键的几道英语选择题，考上大学，离开了香椿街。

随着阿凯的离开，我也长大了，有了喉结以后，觉得很多事情都变了。香椿街的街道，在我的眼睛里竟然变得那样窄小。原本以为永远吃不腻的格拉条，也有被嫌弃的一天，不再喜欢跟着朋友们满大街闲逛。以前以为快乐的事情，渐渐变得无聊。我的学习很差，跟着朋友去超市当了一个月的收银员，又决定回来读书。后来读了一个专科学校，离开了这里。

颜生

疫情解禁后的第二个春天，颜生还是不肯相信。

他仍然每天出门都戴着口罩，以防止瘟疫随时反扑回来，害死他所剩不多的家人。电视机里已不再流行抗日战争的剧，转而每日播放着这样的话：“在 × × 的领导下，我们已经取得了胜利，再也没有瘟疫可以危害我们了。”

如果没有特别的事情，颜生绝对不让孙子出门。我们只能每天路过他们家门口，往篱笆桩里看看被锁住的孩子。刚开始的时候，我们还时不时地悄悄跟他说几句话："小童，你想吃瓜子吗？"如果他点点头，我们就分头去香椿街的干货铺，借着品尝的理由，每人抓一把瓜子给他凑一小袋。现在我们只叫那个孩子疯子。他在里面憋得太久了，每见到一个路过的人就朝他们身上扔石块。

颜生不相信疫情结束，情有可原。他是这条街上最后一位知道暴发了瘟疫的人。瘟疫传到小城的第三天，城就封了。所有的社区、街道、集市上，日夜不停地有喇叭吆喝："正值瘟疫传染时期，请大家不要出门。"香椿街道委员会派人给每一户都送了防疫手册。颜生也接到一份，那天清晨他一开门就看见了。他从来不看那种东西，发小广告的人实在太多了，拿到手之后随即就把它扔到旁边的柴堆里。就算接下那份宣传单，也没有用，他不识字，又是个聋子。

瘟疫大暴发的时候，颜生仍坚持每日都要上街。他头发长了，想找三辉叔剃头。一连去了三天，都没有碰到剃头师傅。香椿街上几乎没有什么人，只有几户不怕死的人还开着门做生意。这叫他精神恍惚："奇了怪了，为什么我每天都来，街道上都不开集？"他怀疑自己在做梦。第四天，他又想出门剃头，被街上的巡视员发现了。那个人狠狠地把他批评了一顿，可是他又听不见。无奈只得把他带回委员会关了一晚上，找来了一个懂手语的人和他交流。这时颜生才清楚：世界要变了。

这一晚令他焦虑又羞愧，这么些年了，他一直老老实实地在家种地，没有杀过人、放过火，到头来还要被这些小年轻教育。要不是家里还有个孩子，他都想一头撞墙上，死了算了。临走的时候，颜生对着那几个人说："瞧着吧！都给我瞧着，你们早晚有一天也会老。"

被放出来以后，颜生就一直待在家里，不出门了。他在香椿街东边有一个小院，院子里有一个小菜园，又存了些粮食。秋天，人们看到他时，他已经白发苍苍，不知道现在是什么日子了。菜总叫人拎着米、面去他家探望他，他竟然以为那是死神派过去接他的。

颜生不让人进门，拿着棍子透过铁门之间的缝隙捅他们。他以为那些人是来害他的，因为他们都染上了病毒，想把他也拉进去。人们向他解释，他听不见。三辉叔也跑了过去，拿着他剃头用的工具，向他展示：“俺颜生叔叔，出来看看吧！现在满大街都是人。快来，我给你剃头。”人们费了好大的劲儿，才终于让他相信，现在香椿街开市了。即便是这样，他的生活也不能恢复至从前了。如果你在街上见到他，会发现他依旧时刻紧绷着神经，担心有什么东西随时会来索走他的命。他成了阿凯最喜欢笑话的人，直到有一天，阿凯发现自己的人生境地变得和他一样，甚至还不如听不见。

你知道的每条街上都有那么一个怪老头。既然人们劝不动他，便不再去劝他。假如他不想和人们交往，我们就干脆永远躲着他。后来小童妈妈把小童接回了家，颜生就开始彻底独居了。他时不时会在那栋房子里闹出来一点动静，有时是站在院子里向院子外面放风筝，有时是点火。说来也怪，当我们决定再也不去看望他的时候，他倒时常自己出来了。

一天，颜生在自己家二楼的阳台上晾衣服。一阵风吹来把门给关上，他把自己锁在阳台上了。他还穿着睡衣，一脸好不容易从噩梦中摆脱出来的疲惫相。他没带手机，也没法通知任何人。他在阳台上转悠了几圈，趴在阳台上朝下望了望，想尝试一下能不能爬下去。因为怕贼，他在自己家的房檐、外墙上糊满了玻璃碴子。这么多年过去了，贼没有扎到一个，倒是有好几次扎到了自己的手。距离他家最近的一栋房子，有差不多十米远。有一年他们因为争夺两家院子中间的那棵大枣树，打过一架。要是喊一嗓子，那个人或许能听见，只是他可能还没有起床。

此时的世界几乎完全是他想要的。春天还未全部来到这片土地上，大部分的树都还不曾发芽，黑色、银色的树干铺满视野，远处有一条干枯的小河，河滩边长着一排粉色、白色的桃树。目及之处没有一个人，世界安静极了，天空是蓝紫色的，云像融化的蜡烛。太阳还没有升起来。可是他却一点也欣赏不来如果从他在阳台上踱步的痕迹，你完全可以看出来他烟瘾犯了，焦虑、习惯性抖腿，整个人像风中的小火苗一样，完全没有他想象中的清净。这或许让他想明白了一些事情，他并不热爱独处的生活。

他想了好些办法，跳下去会摔坏胳膊；把门砸了，也没有工具。想了一圈儿，最后只得安静下来，等着某个早起的人路过。他的阳台上有几盆盆栽，一盆枯死的仙人掌，一株早春月季。他在那儿蹲了一会儿，又坐了一会儿，挨个把上面的叶子都揪光了。实在没有事情做的时候，他就站在阳台上朝自己家的院子里尿尿。大约消磨了一个小时，人们才陆续起来。

当第一个人从他家院墙门口经过时，他想张口喊住他，却发现自己太久没有观察过人的口型，已经忘记了该怎么说话。他回想了一阵子，或许是喊了"啊"，或许是喊了"呜"。总之，那个人并没有听懂，也没有理会，径直走了过去。又走过了几个人，他们依然没有搭理颜生。这使他惊慌了，要是一直没有人理他，若是有一天他死在这个院子里，也将没有人知道。到了第八个人的时候，他终于想起来“开门”这两个字的发音。他叫住了那个人，他说“开门，开门！”那个人停顿了一下，但不明白他是什么意思，对他摆了摆手就走了。又路过了几个人，他还是没能让人明白他的意思。

过了一会儿，他思考了一下，虽然闹过别扭，但还是决定跟自己的邻居搭话吧。只要他一个眼神，那个老邻居准能明白他什么意思。而且邻居知道他有把自己家里的钥匙放在门口花盆底下的习惯。他开始喊那个人：“喂！刘轩！开门！”他喊了好几次，邻居都没有搭理他。他的心里失落极了，莫不是还惦记着之前那件事。自己都主动说话了，对方居然不搭理他，这让他感到很没有面子。他挖出花盆里的小土块，向隔壁的院子里砸去，砸了几下，邻居终于出来了。

邻居皱着眉头、昂头朝他看了看，似乎在问他：“你又有什么事儿？”他开始用手比画、解释风是怎么样“砰”的一声，把门给关上的。现在他需要人帮他开门。

邻居看懂了，但样子似乎有点不耐烦。邻居的表情叫他失望，他也急了，开始在阳台上跺脚、乱跳。邻居站在那儿想了一下，似乎自己不帮他开门，聋子也没有别的办法了，于是便对他比画：我进屋换双鞋，再去给你开门。

得知邻居要来给他开门，他的脸顿时就舒展开了。可是邻居进屋的时候，他又在猜测，那个人会不会是骗他的。邻居在屋子里换了双鞋，又喝了杯水，耽误的时间久了一点儿。颜生便疑心他是不是在骗他，或者根本没有诚意要来给他开门。他生气极了，可是又实在没有别的办法，只能等他。他只等了邻居大约五分钟的样子，可那感觉像是等候了一个小时。

几分钟后邻居换好了鞋，也在门口的花盆底下找到了他家的钥匙，顺利地进来了。他想象着他的邻居穿过他家二楼幽暗的楼梯来到阳台上给他开门的场景，心里很没有安全感。他必须再次回到人群里，哪怕依旧不那么受人欢迎，他也要继续想一个办法让大家都关注他，以免某天他一个人独死家中也无人知晓。正在这时，他终于想到一个可以让大家继续瞩目、同情他的办法，他可以说邻居在帮他开门的时候，偷了他的东西。

白天的生活，夜晚的生活

香椿街上有一个夜里不睡觉的人。

这样的人不是随便就能遇见的。当我认识他的时候，他已经有十多年没有在夜里睡过觉了。他的眼睛像月亮，身体圆得像太阳。从他老婆去世以后，他就没法好好睡觉了。他从前是一个护林人，老了以后，就去香椿街中心医院给人看大门。

我第一次见到他是在一个深秋的夜晚。那个时候我送我爸去上海打工，他不放心我一个人坐火车回来，给我买了一张直通香椿街的大巴票。那一天下了很大的雨，我没有带伞。大巴到香椿街时刚好凌晨四点多，天还没有亮。这个时候回家会打扰妈妈睡觉。我看见医院门卫处亮着灯，便朝那儿走了过去。他看见我一个人站在雨中，便招呼我进去躲雨。

门卫处比我想象的要小许多，里面只摆了一张椅子、一把桌子。椅子上搭了一件黑蓝色粗布外套，桌子上放着一个电风扇、一把梳子、一个烟灰缸和一沓用燕尾夹夹住的登记表格。我问他："这里这么小，你晚上怎么休息啊？"

他对我说："一个门卫是不需要休息的。"

我被他那严肃的表情逗笑了，说："你又不是在为全世界守卫，领导不检查的时候睡一下呗。"

他说："在你们都睡着的时候，总要有人替你守住夜晚的世界。"

"在我们都睡着的时候，会有别的东西从那个世界来看我们吗？"

"这可说不准。"

“那你要是实在困得不得了呢？”

“我会给自己梳梳头发。”

“梳头发就能解乏吗？”

“当然可以。”

我从来没有在白天见过他，他只在夜晚出现。他晚上八点来和白天的门卫交接夜班，干到第二天早晨五点回家。三辉叔说：“那是因为他白天都在睡觉。”但我疑心的是他白天是不是也不睡觉。还有一件神秘的事情，就是没有人知道他住在香椿街附近的哪一个村落里。

有一天晚上我又去找他了。他教我用梳子梳头的方法。我笑了，我天天梳头，还能不会？他也笑了，说：“小娃，不是你想的那样。”他让我坐下来，然后像收割后用钉耙理顺豆子和小麦一样，在我头顶上用梳子理顺我的血脉，那感觉舒服极了。当时我就有一种预感，将来有一天我一定会感谢他教了我这个办法。

“你白天睡觉吗？”我问他。

“有时睡，有时不睡。”

“大部分的时候呢？”

“不睡觉。”

“不睡觉的时候，你都在做什么呢？”

“我在找星星。”

“白天也有星星？”

“有呢，只要你留心，在哪儿都能找到星星。”

他让我好奇极了。后来他告诉我，其实他这一辈子都没有怎么睡过觉。早年的时候他挖过煤矿，地底下是没有日夜的。他过够了漆黑的日子，也爱上了漆黑的日子。他把所有的时间都用来守候，过去守林，现在守人。

我又问他：“夜晚的生活，有趣吗？”

他说：“和白天一样。”

“那白天的生活有趣吗？”

“世界上没有无趣的事情。”

“在夜里能看到什么和白天不一样的东西呢？”

“夜空就像一个屏幕，可以倒放你白天的生活。”

一天，我想邀请他去我家吃饭。他拒绝了我，他说：

“和太多人接触，我的夜晚就不宁静了。”他看出了我的失望，随即又安慰我：“我可以带你去我过去守林的地方看看，有一天你也会需要一片儿小树林的。”

到了约定的夜晚，他让别人代了班，在香椿街中心医院和菜市场的交叉路口等我。我远远地就看见他了，他身上有一股极其安静的气质，别人站在他身边就像在一棵大树底下乘凉。我高兴地向他挥了挥手，他也高兴地向我挥了挥手。当我走到他身边时，我第一次感觉夜晚的香椿街和我白天看到的不太一样。夜晚使得这条错综复杂的街道变得简单多了。小贩们都收了摊位，店铺全都关了门，街上只有几个捡拾垃圾的流浪汉，以及一些从瓦房中学翻墙出来的学生。他们在理发店外墙绚丽的灯管底下并排坐着抽烟。月亮把所有事物的身上都蒙上了一层灰色。世界是一片灰色，深灰、浅灰，不同程度的灰色。当我想到我妈妈也是个灰色的人时，这叫我有些伤心。

我便问他：“世界上有彩色的人吗？”

他说："很难吧。"

我又问："我长大以后能当个纯洁的人吗？"

他说："有时候可以。"

"你为什么从来不在白天的时候出来呢？"

"没什么理由，就是不喜欢罢了，就像有些人天生不喜欢吃蛋黄。"

"你可真奇怪。"

"人总要有些可爱又奇怪的毛病，才显得没有被生活全部摧毁。"

他骑着车带我出发了。夜风有点儿凉，我把脸贴在他的背上，路有点难走，一会儿上，一会儿下，颠颠簸簸。走了大概半个小时，我们到了。那片儿树林很密集，路的两边儿种着高大粗壮的竹子。穿过一丛丛竹子，是一批种下不久的栾树。它的树叶是翠绿色的，树顶却开着黄色的小花儿。他带我在其间穿梭，不时地告诉我，那些树是哪时种的，什么时候最好看。走过这片儿小竹林，是农夫的果园，里面种着密集且低矮的桃树。我忽然忆起自己以前似乎来过这儿，因为再穿过这片桃林，就到了香椿街集体墓地。

月光很亮，风在树叶和树叶之间的缝隙穿梭着，好像星星。一个人如果没有眼睛，他就真的没有了眼睛。但是，树木的眼睛、嘴巴、鼻子全都长在叶子身上。掉了一片儿叶子，它还有无数片儿叶子，没有了这个春天，它还有下个春天。风把这棵树说的话带到另一棵树那里，沙沙沙……它们在议论我们。我眼前这个与丛林为伍的人，专注地听着那些树发出的声音就好像他是那些树本身似的。那个夜晚完美极了。香椿街上其他的人一定不会理解，和这样一个值夜的老头待在一起有多快乐。

后来又有一次他问我想不想白天去找他。我说想，他说："那你不要告诉别人，你在白天见过我。"我答应了他。我们约好一起去野河沟钓鱼。到了约定的日期，他却没有出现。我决定当天夜里去找他。当我从家里溜出来走到医院守卫厅的时候，却发现他被人围住了。有几个青年人想要打他。我掉头就往三辉叔家里跑，等我找到人去帮他的时候，那群青年已经跑了。他被人打得满脸是血，我拽了拽他的胳膊问：“他们为什么打你？”他说：“他们想要我滚蛋，代替我工作。”

三辉叔说：“瘟疫过后，香椿街竟然变成了这种地方！那些人年纪轻轻做什么不能挣钱，还跟一个可怜的老人抢饭碗！”守夜人摇了摇头，并不怪他们：“是我老了。”从前我以为一个人只要长大了，就会有工作。一个男孩长大了，总能找到老婆。可是香椿街满街都是无所事事又没有老婆的男人。我看了他一眼，发现他从来没有这样苍老过。他干笑了一下：“人都会老的。”他的眼睛里充满了哀愁，不仅仅是为了逝去的生活。我开始为他担忧，他工作了一辈子，到老了没有养老金，还要为这点可怜的薪水发愁。果然，后来他就没有来医院再值过夜班。

但是我却开始在白天遇见他。

一天，我在街上碰见他便问：“没有了那份工作，你打算靠什么生活？”

“我之前存了一些钱，应该够用一阵子了。我打算买些小羊，放羊。”

“放羊？你能争得过那些年轻人吗？”

“我在墓地放羊。那儿的草又多又茂盛，平常的人不敢去。”

我想象着一大群绵羊，挤挤挨挨穿过满是风滚草、蓖麻的坡地，到香椿街老祖宗的墓地群上吃草的情景。那些绵羊必将被他养得又肥又壮，它们三三两两聚集在一起，站在某个坟头上，吃着某个死去之人用自己的身体滋养大的野草。等到后来某天，他适应了白天生活，也许还会唱唱欢快的山歌、吹吹口哨。他会和那群羊形成一种如同他和黑夜共同产生的默契。到了那时只要他对着羊群说句话，里面就会有某只羊停下吃草，回过头来看看他。

番外篇

树之梦

A

有一个人死了。

这个人也不知道是什么人。人们把她葬在河边的一处坡地上，过了好些年，她的尸体腐化了，坟墓周围长出了许多花花草草。又过了好些年，坟墓也没有了。上涨的河水把这块地方周围的土地冲平了，带来了许多树和草的种子，留下了一片儿肥沃的冲积扇草地。水下去之后，原本是坟墓的地方长出来了一棵美丽的树。

你可以想象一下，在春天，河滩上有一座桥，桥下是细软的沙地，经年的雨水用它的力量在沙地上画了许多S形的图画儿。沙地上几乎没有水流，白色的石头裸露在上面。经过一个冬天雪水的滋润，河床已经有一些草开始冒出绿色的嫩芽。不过大部分的草还没有开始生长，它们依旧黄而干韧。你站在一片儿布满黄色风滚草和蓖麻的河滩上，忽然看到一棵发芽的树。

这是一株香椿树。

它长满了细密的朱红色嫩芽，香味沁心可人。它刚开始长出嫩芽，并不引人注目，尽管在春寒里，它可能是唯一发芽的东西了。一天，有一个人从这片河滩走过，看见了这棵香椿树。他从河对岸的坡地上下来，穿过被水流冲击的坑坑洼洼的河底，满脚的湿泥，费了好大的力气，才来到这视野当中唯一有色彩的香椿树边儿。他大口地喘着粗气，望着垂到眼前的这枝朱红色嫩芽，心里忽然涌起了一阵感动。也许前一世他也曾陪伴在这株香椿树边儿。想到这儿，他觉得眼前这一幕在哪里发生过，他在这棵香椿树面前驻足了片刻，但什么也没有想起来。

这一天的梦里，他被那香椿树的香味所吸引，又回到了这棵树下。他回到了那快乐、纯真的孩童时期，手中拿着一个红色的皮球，在这棵树底下嬉戏。梦中的世界正在下雪，他穿着一件天蓝色的外套，被香椿树那浑身所散发出的生长气息包裹着。第二天他又回到这棵树下，绕着它走了走，闻了闻它的香味，折下一枝拿回了家，插在花瓶里，并很快忘记了这棵香椿树的存在。

B

有一棵树死了。

它怎么死的，我不太清楚。唯一可知的是，现在它变成了一个人——一个寿命长达数十年的人。死亡的过程也许很漫长，但对于这棵树而言，那只是一个梦——一个很长很长的梦。在梦里面它变成了柴火、烟灰、雨滴、河水、蛋白质、精子，坐过公交、火车、飞机、人力车，现在她下车了，一睁开眼，发现自己有了脚，无数的耳朵变成了两只耳朵，无数的手变成了两只手，唯一的身躯是一个长二十厘米的肉团儿。

这一觉她睡得很好，几乎可以说全身、全心都得到了滋养、按摩，就好像一头喝饱了水的骆驼，又可以在沙漠中开始漫长地迁徙了。快醒的时候，她感到有人在她睡梦里摇晃。那是在运输途中，她还没有被生出来，妈妈带着她去逛公园。

她出生在香椿街医院里，有一个人把她从妈妈的肚子里接了出来。第二天她就被妈妈用一张柔软的毯子裹着抱回了家。她经常夜里不睡觉，大声地哭，想念从前的生活。幸运的是房间里还有其他植物——一束百合花。人们白天把这些鲜花叫醒了。他们把鲜花浸泡在满满一桶水里，沐浴了三个钟头，然后把它们放在一个水滴形状的透明玻璃瓶里，又把花瓶放在她的床头陪着她。

她睁开了眼睛，并意识到她是这个房间里最后醒来的一个。她凌晨四点醒的，天还没有亮，四周黑漆漆的一片，没有一颗星星。

她问那些花儿：“这是哪儿？”

百合花对她说：“我们在世界上最深处的海底。”

接着便是一阵死亡一样的寂静。她环顾四周，发现自己被放在一个摇篮里，摇篮旁边有一张方形的小书桌。书桌上有一束鲜花、一盏香薰灯、一支唇膏、几本书。她看了看几本书上的图画儿，回忆起自己很久很久以前是一棵树。

七点钟，天大亮了。阳光非常暖和，照在她身上暖洋洋的。此时她身边的百合已经开始绽放了。那些花儿比她高，也比她大，花朵鲜艳又娇翠，只有她刚刚睁开眼睛，躲在花丛中。这些花儿上辈子也是一些花儿，它们的记忆很短，所以香味儿特别悠长。妈妈起来的时候，把脸凑过来看了看她。

“这个人的眼珠子真大，像玻璃球一样。”她在心里默默地想。

一个星期之后，百合已经完全开放了，绽放的力量使她全身胀痛。这种疼痛的力量只有她自己清楚。

“我快死了。”她对床上的宝宝说。

她身上不多不少有四片花瓣，每掉落一片儿，她的灵魂就会更轻巧一点儿。女孩对它挥了挥手：“再见。”百合花说：“希望有一天你能记起来你是一棵树。”这是她最后一次跟一株植物说话，从她开始学习人类的语言时，她就会慢慢淡忘掉植物的语言。

每个物种只能拥有一种语言，百合说。

到了两岁的时候，她已经完全忘记了植物的语言，并且不记得自己之前是长在哪儿的一棵树了。

C

后来有一天，这个从树变成人的女孩，嫁给了那个曾经爱上过香椿树的男孩。

香椿树男孩从看见这个女孩开始，就意识到他的余生都将思念她。他觉得那个女孩就是一棵树。每天晚上当她躺下来的时候，身体就会分泌出一种比树脂更为黏稠、清香的液体。这个时候只要他轻轻地摇晃她两下，女孩的身体就会充满一种香甜的植物气息。月光是她的营养液，黑夜为她披上了一层无限神秘的袈裟。他能从这个女孩身上找寻到他想要找寻的一切，童年、母爱、快乐、田野、山川……

女孩也很爱这个男孩，但是她不明白，初见那天她在这个男孩的身上闻见的是什么香味儿。为什么在那之后，她就很少再闻到了。不过大部分的时候女孩没有时间去想这件事情。她住在一栋靠近马路的黄色小楼里。家里没有客厅，卧室只有九平方米。女孩最喜欢每天早晨打开窗户，阳光照到她身上的那一瞬间。她家的窗户也坏了好久了，没有人来修。只能打开小小的一角，她可以透过那一角看到对面那栋白色小楼的楼顶。冬天刮大风的时候，能隐隐约约看见蓝天。有一段时间她把那栋小楼想象成一朵随时会飘走的白云。

白天她和丈夫会出去工作，她在一家公司当打印员，丈夫是个电脑修理工。谁也不知道他们是怎么相爱的。晚上回到家，丈夫会看一些影片。她会窝在她的小房间里，打开窗，看看书、吹吹风，那是她一天中最快乐的事。热恋期过后，他们就一直保持着互不打扰的友好关系。有时候丈夫也会和她分享他新近遇见的有趣的女孩。他们都允许对方有个小情人。生活虽然平淡、幸福，她却总觉得自己不属于这里。

一天，女孩开车走错了路。无意间来到一片儿山野，那边有一片儿野桃子树。她感到非常口渴，便想走进桃林里摘一个。她穿过大片不知名的野草向那片儿桃林走去。她觉得有什么在抚摩自己的小腿，原来有一些小草知道她要去摘桃子，开始拽她的衣服。那片桃林看起来非常近，走起来却出乎意料地遥远。

这个下午她翻过了两座山、下了一次坡、穿过一条干枯的河床，才在河滩上寻找到一丝人类曾经生活过的痕迹。河滩上有几只丢失的鞋子。那些鞋子提醒她，她现在还是一个人。她坐在它旁边歇了一会儿，发现鞋子里面长满了草。那青嫩的小草让她感到由衷的快乐。她又在河滩上发现一个假人，她把它埋在了某个土块下面。做这个仪式的时候，她谨慎极了，就好像那个假人头是她自己。

她坐在那儿，清风抚摩着她的脸庞。她望着眼前的山野、河坡、桃林、野草，忽然有一种无法言说的感觉。她身体的某一部分功能正在复苏。在她的人生中还从未感到如此放松，一种全身、全心都被理解的感觉。她感觉自己正在被风、被周遭的一切倾听。

差不多花了半个下午，直到确定自己完全沉浸在这片山野中，她才开始走向桃林。那些桃树，长得并不高。有一些桃子已经熟透，掉在土里，埋着半边儿的脸。有些桃子还没有熟，青青的。当她伸手想摘下一颗桃子的时候，似乎听到了它们在对她讲话："不要吃我。"她咽了咽口水，对它们说："宝贝，可是我好渴。"其中有一颗小桃子还皱了皱眉毛："你怎么知道我们在说什么？"

"我当然知道啦！我两岁之前都能听到植物的声音。"

女孩忽然发现，自己全部的记忆都回来了。她忽然记起来，她原来是一棵树。可是她是一棵什么树呢？直到那一刻，女孩才意识到原来初见那个男孩那天，她从男孩身上闻到的是自己身上的气息。是他激发了自己，她开始慌张了，可是她现在是一个人啊，怎么能长久地和一群树待在一起？这太不可思议了。这件难以接受的事情，让她想离开这片山野，不再思考这个问题，毕竟她在人类之中还有那么多没有完成的事情。她还需要付房租，需要工作，需要给花草浇水，需要赡养父母。

也是到了这一刻，她才发觉原来她是这片山野的一部分。此时此刻她最想做的事情其实是一直走，一直走到天边的尽头，变成一棵树，不再回到人类世界。这种想法叫她慌张。她感到自己的内心有一种渴望，坐在群山之中，变成一块大石头，像一棵树一样永远向远方眺望。和同伴在一起的感觉舒心无比，可她还是决定离开这个地方，回到车里，回到城市。

回去之后，过了几个月，她感觉生活的压力特别大，便又想来寻找这个地方。可是顺着原来的足迹，找来找去，一无所获。她走到那天走失的那个野山坡，那条枯萎的河床还在，河床上还有那些遗落的鞋子。可无论朝哪个方向眺望，都看不见那些桃树。她开始怀疑那天下午是不是并不存在，或者是她走到了一个超自然的地方。

她开始在睡不着的夜晚思考这些问题。可是世界上原本就有许多问题不存在答案。从那之后她越来越喜欢发呆，也越来越喜欢脱光了衣服对着镜子看自己的身体，有时候她抚摩着自己，感觉就像是在抚摩一棵树。她家的小区里种着一排高大的柳树，她经常学着它们的样子站在路边向人群中看，希望能够发现这世界的某些秘密。那些柳树最好看的季节是春天，当它们从湿黑的枝干抽出嫩芽时。那排柳树，一共有二十六棵，她有二十六岁。其中最大的那棵柳树，因为其粗壮的树干挡住了电线，被砍掉了树冠。她抚摩着死去的大柳树，感到非常伤心。后来的某个夏天，她又惊喜地发现，那棵柳树的内部已经空了，有一只野猫在里面给自己做了一个窝。

D

命运为她安排了某个冬天。

那天，下了一场大雪。夜半，她从遥远的热带海岛飞回来，下飞机的时候已经凌晨两点了。因为暴雪打不到车。她不得不先坐大巴到某个地方，然后再徒步走回家。雪积在地面上，足足有几尺厚，路灯也不怎么亮。她摸着黑，顶着风一点儿一点儿向前走着，走了大约半个小时，远远地看见一棵香椿树。这棵树已经发芽了，香气比雪还浓烈。巨大的树冠像迸发的烟花一样，一片片雪花落在香椿树抽出来的绿芽上，亮晶晶的。

在一片漆黑之中，她望着那棵香椿树，仿佛那是天地间唯一的活物。每朝那棵树走近一步，她都能感到内心有一种渴望。她希望自己能变成一片雪花，睡在那棵树上。她每朝它走近一步，风雪好像就更大一些。从她到那棵树，其实也就十几米远，却叫她使出了毕生的力气。虽然劳累又疲惫，她的内心却无比舒坦。鞋子摩擦着雪发出的声响，叫她耳朵酥软。

等她终于走到那棵树下时，风雪就停了。她站在那棵树下，抬头看了看满树的嫩芽，眼睛里积满了泪水。她已经忘记了自己是一个赶路的人，是一个着急着回家的人，也短暂地忘记了她是个人。此时的她，早已不是一个打印员，她换了一、二、三、四、五份工作。搬了好几次家，父母不在了，脸上也开始长斑。距离上次她看到那片儿山野的时候，已经过去了数十年。

她把背包卸了下来，坐在那棵树下，闻着它的香味儿，她听到自己的内心里有一种声音在呼唤着她。雪花飘在她的身上，把她同那夜色全部融化在一块儿。这时她感觉快乐极了。她抚摩着那些花儿、草儿和树，觉得自己全身、全心都被充分地理解着。她干脆躺在那棵树下不动了，她已经完全接受了她是一棵树。

第二天清晨，人们从这棵树下走过，发现树下躺着一个人。而这棵树，从树顶到树梢，每一片树叶、每一个枝条上都落满了雪，湿黑的枝干提醒着人们它距离发芽还有好几个月。没有一个人能理解她，人们在路边看到她，都在感慨："哎呀，这个女人真可怜，怎么躺在这儿被冻死了。"只有她的丈夫知道这个秘密，他心里默默地想："也许我的女人原本就是一棵树。"

来年春天，不知道怎么的，这棵树的旁边冒出来了一棵小树苗儿。

你好，这是一篇序言

我的朋友们都知道，我是一个轻松、随性的人，但他们从来没想过我是如此随性。在工作了四年以后，我才猛然意识到一件事情：原来我身边的每一个人，在读书、选专业、就业、恋爱、结婚上都是有自己的计划的。而只有我一个人，当初收拾好东西，兴奋地离开家，以为上大学就是出去旅游。

我妈觉得应该培养孩子独立自主的意识，所以她从小就不怎么管我。我爸就更不用说了，我都工作四年了，有时候给他打电话，他还问我在做什么工作之类的事情。

读大学报志愿的时候，我只考虑了一件事情——我读的学校距离我喜欢的人近不近。但是我的成绩太差，在我喜欢的人方圆上千里的地方，都没有我的成绩能读的学校。

于是，我重新拟定了选择学校的方案：哪里比较好玩就选哪里。 我在志愿表上填的学校全是旅游区，什么云南滇池、海南三亚。我们家一直都比较崇尚自己做主，所以我爸妈完全没有参与报专业这件事情。我同学的爸妈都在计划着孩子的未来，讨论着报什么专业以后就业有前景，什么工作能挣钱。我也没有什么选专业的头绪，只是听说文学专业不用学数学，我就报了。最后我如愿以偿，去了海南三亚读书。在学校里我干得最起劲的一件事，就是和我们班其他女生研究穿什么衣服好看。

我妈教育我的人生信条，就是人应该崇尚自由，想干啥就干啥。我就是这样计划的，所以走入社会以后也吃了不少亏。我们都知道生活其实是很残酷的。朋友跟我说，像我这样的作家，是不能靠写作养活自己的。第一，我没有名气。第二，我不会混圈子。第三，我做事情总是慢半拍。我想了想，无非就是生活。假如我每个月收入只有一千块钱，那我就在地球上找个一千块钱能生活的地方生活。

我是一个思维比较发散的人，做事情很难集中注意力。平时在生活中也非常容易开小差、走神，有时候走着走着就撞到墙了。所以，这就意味着我在写作上要付出比常人更多的努力。好在我始终忠于自己热爱的事，我就是喜欢写东西，那我就要写东西。我不仅要写，还要写得比别人都好。因为只有这样，我才能快乐地活下去。

我很早就有个想法，想写生活在一条街上的人。但是大家都知道我的，我经常丢掉西瓜去捡芝麻。西瓜丢得多了以后，反应迟钝的我才意识到该做点什么，挽留一下经过我的生命的那些美好的事情。香椿街，有我许多美好的记忆。香椿街上的人有的来自虚构，有的则来自我认识的某个人。香椿树和香樟树是真实存在的。在我老家二楼的小卧室外面就有一棵美丽的香樟树，它给了我太多美好的想象。那棵树的树叶有着淡淡的香气，一年四季都停满了鸟儿。它们经常在上面开会，叽叽喳喳。我没事坐在那里发呆的时候，常常在想：它们都在聊什么啊？人为什么不能听懂鸟儿的语言呢？

在这个世界上，我只想模仿一种姿态——小鸟儿轻盈地跳。

有什么舞蹈能像小鸟儿一样自由、美好和轻盈呢？那灵动的小生命，给了我太多别人难以理解的快乐。我们对大自然的了解如此之少，我们能向太空发射火箭，却听不懂一只小鸟儿的叫声。在一只鸟儿的世界里，快乐可以那样轻巧。它们的生命那样短暂，夏天没有空调，冬天要忍受风雪，未来也如此不明朗。可是竟然连死亡在它们的眼睛里也是快乐的、好玩的。

可能我们从前的文学作品，都太在乎人了。这个地球，我们只是暂时租住。有时候我也会幻想，或许我上辈子是一棵树。未来的文学会走向哪里？我也不清楚。很多世界级的作家都专门写小人物的生活，写生活在某个地区或者街道上的人。我看到《契诃夫短篇小说集》《米格尔街》《红色骑兵军》《小城畸人》，我就想，我一定也要写一本生活在中国某条街上或某个区域内的人们的书。契诃夫、奈保尔、博尔赫斯都给了我很大的启发，向他们致敬！我听说苏童也写过“香椿街”系列的小说，但我和他的风格很不一样。

但我想或许小说可以更为宽阔一些，打破人、梦、世界的边界。大概我还是对这个世界抱有幻想的人吧！一个人的生活可以分为白天的生活和夜晚的生活，也可以分为梦里的生活和梦外的生活。过去的作家，他们大都只写过一个人在自己梦外面的世界。也许未来，我们能够介入人类的梦境之中，不再只通过做梦进入夜晚的世界。“香椿街”其实是一个双向的结构，一部分梦中人，一部分梦外人，一部分白天的世界，一部分夜晚的世界。

有人说我的小说以结尾的翻转叫人印象深刻。他们给我提了许多建议。我思考了很久，我觉得在我的小说里最珍贵的东西应该是一颗真挚的心。一切技巧仅仅是小说的外壳。在一个小说家的小说中，最珍贵的应该是这个作家的灵魂和他笔下一个个鲜活的人物。描写人物对我而言就好像捏泥娃娃，在为这个泥娃娃塑造形象时，有时候我都会为这个人物伤心。伤心也挺好的，伤心让我冷静。如果我的每一篇小说结尾都非出人意料，那么它将不再存在惊喜。而且，我也不是安分于写同一种风格作品的人。如果可以，我倒是很希望自己每一本小说都有独特的风格，当然我不一定能做到。

如实地还原出现实，那是一个工匠做的事情，不是一个作家。作家应该在作品中构建自己内心想要呈现的世界。我不喜欢陀思妥耶夫斯基式巨细靡遗的小说，也不喜欢那些看起来深沉、伟大无比的小说。我只想按照我理想中文学的样式去勾勒世界，按照一个诗人朴素、真诚的心去热爱这个世界。也许它有点荒诞，容易破碎、梦幻。 有很多时候，我都在感慨。我之所以能活到现在，那是因为人间有天使。要是只靠我自己的努力，可能早就玩完了。谢谢老沈！谢谢魏强！谢谢帮助过我的善良的人！现实生活有多残酷，大家都是知道的。从某方面说，我是个挺幸运的人，我身边的朋友给了我很多的灵感，帮我渡过了许多难关。希望这本小说比上一本有进步吧！

文治
磨铁图书旗下子品牌
更好的阅读

出品人 沈浩波
出版监制 潘 良 于 北
产品经理 刘 烁
装帧设计 少 少
封面插画 李大花